影使いの最強暗殺者

kagetsukai no saikyo ansatsusya

茨木野

illustration
鈴穂ほたる

～勇者パーティを追放されたあと、
人里離れた森で魔物狩りしてたら、
なぜか村人達の守り神になっていた～

Contents

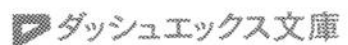

影使いの最強暗殺者

～勇者パーティを追放されたあと、人里離れた森で魔物狩りしてたら、
なぜか村人達の守り神になっていた～

茨木野

序章

それは、俺がまだ幼かった頃のこと。

深夜。

俺は町外れの森のなかにいた。

「……どこにいるんだ？」

当時の俺は、【彼女】の護衛としてつくように、父親から命令されていたのだ。

しかし深夜、見回りに部屋を訪れると、彼女がいなかったのだ。

彼女を探して、森までやってくると、

「…………」

ふと、俺の足元に、瀕死（ひんし）の猫が転がっていた。

「……魔物に食われたか？」

「みー……みー……」

この森には、魔物、つまりモンスターが徘徊（はいかい）しているという。

猫はモンスターのエサにされたのだろう。

「みー……」

猫はすでに死ぬ寸前だった。

喉元(のどもと)を食われている。そこに毒がにじんでいた。

放っておけば早晩、死ぬだろう。苦しみ、悶(もだ)えながら。

「…………」

腰のポシェットからナイフを取り出すと、虫の息だった猫の心臓を刺す。

猫は苦しまずに死ぬことができた。最後に、ホッとしたような表情を浮かべて。

事切れた猫を土に埋めて、俺は捜索を続ける。

「…………」

猫を殺したというのに、俺の心は微塵(みじん)も動じない。

それくらい【何かを殺す】ことは当たり前のことだからだ。

ややあって、開けた場所にたどり着いた。

そこは花々が咲き誇る、美しい花園だった。

大きな木の下に、彼女がいた。

「きゃー！　く、来るなぁ！」

彼女はクマのモンスターに襲われそうになっていた。

「ひー！　たすけてー！」

「グァアアアアアアアア！」

モンスターは手を振り上げる。

俺は高速で走り、敵の背中にしがみつく。

ナイフを振り上げて、頸動脈に突き刺した。

ブシュゥ！　と勢いよく血が噴き出す。

敵は悲鳴を上げて、そのままグラリと倒れた。

俺は軽く跳んで、着地する。

「……だいじょうぶか、【エステル】さま？」

襲われそうになっていた少女、名前をエステルという。

俺が護衛している少女だ。

「ひ、【ひかげ】くん……今のは、いったい？」

ヒカゲ。それが俺の名前だ。

日の影。陰気な俺にぴったりだと思う。

「…………」

エステルが、怯えていた。

当然だ。まだ十にも満たない子供が、クマを殺したとなれば、恐ろしく感じてもしょうがないだろう。

「ひかげくん……ありがとう！」

だが俺の予想に反して、エステルは笑顔を向けてきた。

手を握って、ブンブンと縦に振る。

「あぶないところ、たすけてくれてありがとー！」

「……え？　え？」

俺は今まで、何かを殺して、ありがとうと言われたことがなかった。

【暗殺者】の一族に生まれた俺にとって、何かを殺し、誰かの命を奪うことは当然の行為。やって当然、できて当然の行為だった。

だから殺しても、褒められることなんてなかったのだ。

「ひかげくんまじかっけー！　なんつーの、王子様みたいだった！」

「……あの、エステルさま？　怖く、ないの？」

「およ？　怖いってなんでー？」

「……だって、俺はクマを殺したんだし」

するとエステルは、淡く微笑(ほほえ)んで言う。

「違うよ。ひかげくんは殺したんじゃない。守ってくれたんだよ」

「守る……？」

太陽のような笑顔を浮かべて、エステルが言う。

「クマに襲われてるか弱い乙女(おとめ)を、ずばーっと華麗(かれい)に守ってくれた。それが君！　だから感謝！　せんきゅーー！」

気づけばふわり、と抱きしめられていた。

月明かりに反射して、彼女の美しい金髪がまるで輝いているようだった。

この時の彼女の言葉と温もりは、今でも鮮明に覚えている。

……胸の中に、何かが満たされたような気がした。

「ひかげくん強いねー。その歳でたいしたもんだぁ」

「……エステルさまとちょっとしか変わらないんだけど」

「んもー！　さまとかやめてくれー！　わたしはエステル！　さまはなし！　おっけー？」

「…………」

「へーんーじー！」

この娘は、出会ったときからおかしな子だった。

こんな人殺しの一族に生まれた、殺人マシーンの俺に、普通の子供のように接してくれる。

笑顔を向けて、ありがとうと言ってくれる。

「……わかったよ、エステル」

思えばこのときから、俺は彼女のことが好きだったのだろう。

……これは、暗殺者の一族に生まれた俺が、太陽のように明るいこの少女と出会って、変わっていくまでの物語だ。

一章　暗殺者、追放される

勇者ビズリー。二十歳(はたち)。青年。

魔王を倒すべく、女神に選ばれし存在だ。

ビズリーには仲間がいる。

この俺、ヒカゲもそのひとりだ。

現在、魔王四天王(まおうしてんのう)のひとり、右方のドラッケンとの戦闘が始まろうとしていた。

場所は大陸東端にある砦(とりで)。

ドラッケンは砦の上から、勇者パーティを見下ろしていた。

『我こそは魔王四天王がひとり！　ドラッケン！　上位蜥蜴人(ハイ・リザードマン)の戦士なり！』

見上げるほど大きなトカゲだ。腕も首も大樹(たいじゅ)のようにぶっとい。

ドラッケンは胸と声を張って、ビズリーたちに名乗っている。

……よし、この隙(すき)だ。

俺は自分の持つ異能を発動させる。

すっ……としゃがみ込み、力を練(ね)りながら、自分の影に手を入れる。

つぷ……っと、まるで水面に手を突っ込んでいるかのように、手が影の中に沈む。

そのまま一気に……俺は自分の影の中に潜った。

「おれは勇者ビズリー！　女神アルト・ノアに、魔王を倒すべく選ばれた存在だ！」

ビズリーが名乗りを上げているのだが……戦闘中になぜ名乗るのかわからない。

まあドラッケンの注意が俺から逸れているのは好都合だ。

影に潜った状態で地中を泳ぐ。

……俺には特別な能力が備わっている。

俺の家は代々、暗殺者の家系だ。

火影と呼ばれる、忍者の末裔である。

里の人間は、みな異能の力を持っている。

俺の異能は影呪法、影を自在に操る能力だ。

影に潜って泳いでいる、これも影呪法の技のひとつ潜影。

文字通り自分の影に潜り、影を伝ってどこまでも泳げるスキルだ。

するすると敵の背後に回る。

「ドラッケン！　おれは貴様ら魔族を絶対に許さない！　正々堂々勝負しやがれ！」

影の中に潜伏しながら、俺はビズリーの言動に疑問を覚えていた。

なぜ敵を相手に真正面から戦う必要があるのだろうか。

敵は速やかに排除するべきだろう。

『ほうっ！　その意気やよし！　人間のくせに気持ちの良い性格をしてるではないか！』

……そしてなぜかドラッケンも、正々堂々を好むようだ。

なんでだよ。こんなのさっさと倒せば良いだろ。

顔を上げて、影から出る。

地面に手をつくと、地面から鴉（からす）が出てきた。

自分の影から式神（サーヴァント）を作り出す、影呪法のひとつ影式神だ。

「……いけ」

影鴉が俺の命令で、飛翔する。

目指すは砦の上で仁王立（におうだ）ちする、四天王ドラッケンのもとだ。

「なぜだドラッケン！　なぜ魔王とその配下は人を襲う⁉」

『知れたこと！　人間なんぞ下等生物が、この地上を我が物顔で歩いているからだ！』

ドラッケンとビズリーの押し問答が続いている。

その間に影鴉がすぅ……っと音もなく飛び、ドラッケンの足下に着地する。

影呪法、影転移（かげてんい）を使う。

影鴉のいる場所へと、一瞬でテレポートした。

この技を使えば、自分の影から影へ跳べるのである。

さて、仕上げにかかろう。

「人間も魔族も元々はこの世界に一緒に暮らす住人だったではないか！　また昔のように歩み寄ることはできないのか⁉」

『……ふっ。敵を前に説得とはな。面白い奴だ。だがそれはできぬ』

「どうしてだ⁉」

『人間が我ら魔族を迫害したのが、そもそもの火種であっただろうが！』

……なんだか議論がヒートアップしてきたな。

ふたりとも少し泣いてる？

……わからん。

ドラッケンは敵であり、こいつらを可能な限り早く倒し、人類に平和をもたらすのが俺たちの役割じゃないのか？

疑問はあるが、俺は俺に与えられた仕事をしよう。

ドラッケンの影に潜みながら、最後の準備をする。

異能を使うための力、呪力を練る。

この大陸の人たちは魔力と呼ぶそれを、体内で練り上げる。

ため込んだ呪力を影に流して、技を発動させる。

『な、なんだぁ⁉　足下が泥のように、か、体が沈むぅううう！』

影呪法のひとつ、影喰い。物体を影の中に呑み込む技だ。

敵の腰より下が、影に沈む。

「ど、どうしたんだドラッケン⁉」

『わ、わからぬ……いったい何が起きているのだぁ⁉』

俺は次に織影(おりかげ)を発動させる。

影の形を自在に作り変える技だ。

ドラッケンの体を影の紐でがんじがらめにする。

『く、くそ！　動けぬ！　まったく動けぬぅううう！』

「またでしゃばりやがったんだなぁ!?　ヒカゲぇえ！」

……砦の下で彼が声を荒らげているが、俺は気にしない。

面と向かってのバトルなんて、危険すぎる。

勇者。おまえは人類の希望だ。

このザコに、真っ向勝負なんて馬鹿げたことをして、ケガを負ってもらっちゃこまる。

ここは、暗殺者の俺にまかせてくれ。

『ぐぬぅううううううぅ！』

影が無数の針となって、ドラッケンの体に刺さる。

『針なんぞで我を殺せ……ころれ……これ……こりゃ、は？』

……それは火影特製の麻痺毒(まひどく)だ。

毒を織影で作った針にしみこませて、全身に打ち込んだのだ。

『…………』

ぐったりと脱力するドラッケン。

すかさず影から出ると、完全に動かなくなった敵の背後を取り、喉元(のどもと)を小刀で掻(か)き切った。

血液が止めどなくあふれ出る。

だが、これくらいじゃ四天王は殺せない。

今度はさらに強い毒を含んだ影の針で、ドラッケンをめった刺しにする。

外から見ればハリネズミのような状態になる。

「……まだだ」

ドラッケンはすでに事切れる寸前。

だが魔族は再生力が桁違い(けたちが)であり、放っておけばまた動き出す。

「……喰らえ」

影喰いを再発動させる。

影の中に、ドラッケンを沈めていく。

やがて完全に、敵が影の底なし沼へと沈んだ。

「……任務、完了」

長い安堵(あんど)の吐息をついた。

「……また一歩、世界平和に近づいたな。もう少しだ」

その場に大の字になって倒れる。

「……暗殺者として、ガキの頃から人殺しの訓練を強要させられ十年。やっと……俺は、人のために生きることができる」

親父(おやじ)は火影の頭領だった。

幼い頃から、俺は親父から人殺しの技を教えられてきた。

おかげで立派な暗殺者へと成長した。

だが暗殺者としての役割に、俺は不満を抱いていた。

人を殺す仕事なんて、誰からも感謝されない。後ろめたい仕事だ。

……俺はあの日、【あの子】に誓ったんだ。

研ぎ澄ましてきた暗殺の技を、世のため人のために使うんだって。

内なる決意が女神に届いたのか、俺は勇者ビズリーの仲間として選ばれた。

それからは毎日が忙しく、しかし充実していた。

人殺し一族に育った俺が、人々の平和のために貢献できている……素晴らしいことだ。

と、思っていた、そのときだ。

「ヒカゲ！　てめえこの野郎ぉおおおお！」

いつの間にか砦の上へとやって来たビズリーが、俺の胸倉を掴むと力いっぱい殴ってきた。

その表情は怒りと、そして軽蔑に満ちていた。

「おまえにはもう我慢ならん！」

「……ど、どうしたんだよ？」

ビズリーは俺を見下ろし、声高に言う。

「敵の自由を奪った状態でなぶり殺すなんて……この卑怯者！」

「な⁉　ひ、卑怯もへったくれもないだろ？　だってこいつは敵なんだぞ？」

「うるさい！　そもそもおまえの独断専行にはいつもいつもむかついてたんだ！　おれが活躍する前に、手柄を全部横取りして……そんなに自分の手柄が欲しいのか⁉」

別に人からの賞賛なんていらない。

世界を平和にしたい。それだけを思って行動しているだけだ。

「おまえのせいでおれが全然活躍できない！　もううんざりだ！」

ビシッと俺に指を突きつけて言い放つ。

「ヒカゲ！　おまえを勇者パーティから追放する！」

☆

勇者ビズリーが、俺をパーティから追放して、一年半が経過した。

当時十四歳だった俺は、十五歳（と半年）になっていた。

俺は人間国と魔族国との国境である、【奈落の森(アビス・ウッド)】と呼ばれる大森林の中で暮らしていた。

世界を救うために戦う部隊から外されたことがショックだった。

暗殺者の一族に生まれ、人を殺すすべを身に着けた。

なんのために？

彼女と出会ったあの日から、ずっと考えていた。

女神に選ばれて、俺は答えを得たと思った。

この術は、世界にはびこる悪を、一匹残らず排除するためにあるのだと。
……けれど、不要だと追放されてしまった。
なんのために、こんな人殺し専門の術を身に着けたのだろう。
失意の俺は誰も足を踏み入れない場所を探した。
たどりついたのは、人間も魔族すら近寄らない森。
奈落と呼ばれるこの深い森には、日の光がまったく届かない。
日中であっても、夜のように暗いのだ。
俺は影を使う異能者だからだろうか、暗いとこにいるとすごく落ち着くのだ。
奈落の森へと足を踏み入れたのは、決して、死ぬためじゃない。
ここなら、誰に邪魔されることなく、一人で過ごせるだろうと思ったのだ。
かくして俺は、奈落の森をねぐらにすると決めた。
ちょうど森の中腹くらいに、古い神社を見つけ、そこをねぐらとした。
この神社、見た目はぼろいけど、不思議と天井や床には穴が空いてなかった。
あとで調べてわかったが、神社にはまじないが施(ほどこ)されていた。
この大陸では魔法と呼ばれる技術だ。
それのおかげで、建物が倒壊することはなかったのだ。
俺は神社の中で横になり、ひたすら寝る。
やることといえば、この森に住まう魔物を狩ることくらいだ。

ここには魔物がうじゃうじゃいる。

そいつらはエサである俺にひかれて、神社へと向かってくるのだ。

……鬱陶しいので、寝転んだ状態で、影呪法で魔物を狩る。

幸いにしてこの光の届かない森の中には、俺の力の元となる影があちこちにあった。

ひたすら暇を潰すように魔物を狩った。

影に触れている生命を探知する影呪法の一つ【影探知】で魔物を見つけ、【織影】で影を刃に変えて、めった刺しにする。

影が無限にあるこの森の中では、無制限に影呪法が使えた。

途中で面倒くさくなり、影式神を使い、探知した瞬間に式神に自動で殺させるようにした。

そこに正義はない。ただ、暇だったというそれだけの理由だ。

日中はひたすらに寝て、魔物を狩り続ける。体が汚れてきたら近くの温泉に入りに行く。

この森、近くに活火山があるせいか、神社の裏に温泉が湧いているのだ。

さらに都合の良いことに、近くには川が流れている。飲み水はそこで調達している。

衣服は、影で作っているので必要ない。

普段の仕事着も織影で胴衣を作ってそれを羽織っている。

そうなるとこの神社、思いのほか住みやすい環境であるといえた。

衣食住のうち、食以外がバッチリそろっているからな。

食べ物はどうしているのか？

これは驚くことなのだが、【用意してくれる】のだ。

この、前人未踏の森に、いったい誰がいるというのだ？

答えは……わからない。

後で知ったのだが、神社からほど遠くない場所に、村がある。

そこに住むのが魔族なのか、人間なのかは、判然としない。

影探知では、人らしきものがそこにいると漠然とした情報しか入ってこないのだ。

とにかく、そいつらが毎食、神社に食べ物を運んでくれている。

どうやらこの神社に神的な何かが住んでいると思って、お供え物をしているようなのだ。

……その神様宛のご飯を、俺がありがたくいただいているのである。

あと何年……森で魔物狩りを続けられるだろうか。

……わからない。途中で孤独をこじらせて死ぬかも知れない。

ただ今は、孤独であることにそこまで苦痛を感じていない。

今は極力人と関わりたくなかった。

もう誰も傷つけたくないし、誰からも傷つけられたくないから。

そんな日々が続いたある夏の日、運命を変える事件が起きた。

☆

俺はいつものように、社の中で目を覚ました。

「……ふぁぁあ」

あくびをして体を起こす。

俺が寝ていたのは、織影で作った布団の上だ。

「……腹減った」

起き上がって、俺は社の外へと出る。

いつものように、お供え物（朝ごはん）を食べようと思った……のだが。

いつもは盆の上に握り飯がおいてあるのだが、盆すらおいてなかった。

「……あれ？　置いてない」

「……誰かが食った？　いや、そもそも来てないのか。……おかしくないか？」

何かトラブルの気配を感じた……そのときだ。

俺は、あるひとつの事実に、気付いた。

「……神社のまじないが、きれてないか？」

目に呪力を集中させ見渡すと、やはり神社全体にかかっていた結界が解けていた。

「これじゃあ……今まで近寄れなかった強い魔物が、やってくるようになるぞ」

いいや、と首を振る。

「……だから、なんだ。俺には、関係ない」

おとなしく、社の中へ戻ろうとした……そのときだ。

「……近くに、でかい魔物の気配と、それに……人の気配……」

おそらくいつも飯を運んでくる村人が、魔物モンスターに襲われているのだろう。

影探知の精度を上げる。

どうやら魔物モンスターはそうとう強い。

村人は女が……二人。

ひとりは高い呪力を持つが、もうひとりは完全な一般人だ。

しかも強い呪力を発しているほうは、すでに気を失っている。

敵を前にしても、戦おうという気配がない。


——ひかげくんは強いんだから、弱い人を守らないとダメだよ。

——強い人には、弱い人たちを守る義務があるんだって。

——その力を持っているのはね、女神様が人を守りなさいって与えてくれたからなんだよ。


「…………」

俺は目を開ける。

そして気付けば影転移を発動させていた。

この力が、何のために俺に備わっているのか。

その理由は見つかっていない。

「……けどここで村人を見捨てちゃ、きっと本当に、見つからなくなってしまう！」

俺はもう一度だけ、人のために戦う決意をしたのである。

影探知にひっかかっていた場所へと、一瞬で移動。

この森の中でなら、俺は好きな場所へ、一瞬でテレポートできるのだ。

するとそこには見上げるほどの巨大なドラゴンがいた。

呪いの毒によって、腐った体の肉がぽたぽた……と地面に落ちる。

「……呪竜（カース・ドラゴン）だと⁉」

SSランクの高レベルモンスターだ。

この世界にはモンスターの強さによって、ランク付けがなされている。

一番下はF。そこからE、Dとあがっていき、A、S、SS、SSSとなる。

SSは最高から2番目の強さを持つ。

SSSが最高ランクで、魔王クラスの化け物だ。

魔王四天王のひとり、ドラッケンはSランクの魔族だった。

この呪竜はドラッケンの上をいく。

四天王よりランクは高いが、凶暴ゆえに理性がないから、魔王の配下になれなかったのだ。

「…………」

影呪法を使ったとしても、ここまで格上の相手に、暗殺術が通じるだろうか。

最低でも相打ちは覚悟するべきだろうと思った、そのときだ。

「そこの人！　わたしたちにかまわず逃げてください！」

振り返るとそこには、金髪の美しい女性がいた。

そばには、気絶してる銀髪の少女がいる。

金髪の女性は、彼女をかばうようにして立っていた。

――ドクン。

「……だろ？」

そこにいた、金髪の女性に、俺は見覚えがあった。

「……うそ、どうして？」

あの子は死んだはずじゃ……？

「グロォオオオオオオオオ！」

呆然としている間に、呪竜が動く。

呪竜は女たちをエサに定めたようだ。

「……やめろぉ！」

俺は呪竜へ向かって特攻する。

織影で刀を作り振りかぶる。

呪竜が煩わしそうに、鉛のような腕を振るった。

「……がはっ」

その衝撃に俺は吹き飛ばされ、大樹の幹に体をぶつけた。

あんなでかいドラゴンから一撃食らったのだ。

骨は折れているだろう。内臓は破裂しているに違いない。

「……いってぇ。死ぬ。これは、死ぬ死んだ…………って、あれ？」

そこで、俺は気付いた。

「……なんだ、体、ぜんぜん痛くない？」

あんな巨体から攻撃を食らったのに、微塵も痛みを感じていないのだ。

腕も動く、口から血も……出ていなかった。

「……どうなってるんだ？」

俺が不思議がっていたそのときだ。

「グロォオオオオオオオオ！」

「やめなさいこのデカ物！　ミファを返しなさい！」

見やると、呪竜が、近くにいた銀髪の少女を持ち上げている。

どうやらあの銀髪少女がミファというらしい。

金髪の女性が、呪竜に食ってかかっている。

「……あぶない！」

呪竜が金髪の女性を攻撃しようとしていた。

俺は【織影】で自分の影を伸ばす。

先端を刃状にして、呪竜の腕に向かって突き刺そうとした。

SSランクモンスターに一撃食らわせられる威力ではない。

それでも注意を引くことくらいはできるだろう。

影の刃が呪竜の腕に突き刺さる。

「…………………は？」

俺も、そして呪竜も、目をむいていた。

影の刃が突き刺さるどころか、呪竜の腕を吹っ飛ばしたのだ。

「……え？　なんで？」

訳がわからなかった。

困惑する俺に向かって、呪竜が突撃を喰らわせてくる。

とっさに影の剣を五本作って、呪竜の体に飛ばした。

それは高速で飛翔し、竜の体をずたずたに引き裂く。

「こんな呪力もろくにこめてない、ただの影の刃で、たおしただって……？」

いや、何かの偶然だろう。

奇跡的なものがおきて、ラッキーで倒せたのだ……と思った、そのときだった。

なんと呪竜がもう一匹、空から降ってきたのだ。

俺を丸呑み（まるの）みにしようと、その大きな顎（あご）を開く。

「だめ！　逃げてぇえええええええええ！」

「…………」

俺は死を覚悟した。

と同時に、ひとつの可能性に気づいた。

右手に呪力を集中させる。

呪力は体に一点集中させることで、攻撃力を高める効果がある。

力を込めて目の前の呪竜に、パンチを食らわせた……。

俺の放った拳は、敵の腹に風穴を開けた。

「……うそ、でしょ？」

金髪女性が、その場にへたり込んで、つぶやく。

「……そうか、そういうことか」

今更ながら気付かされた。

この一年半、【奈落の森】の魔物を狩って狩って、狩りまくった。

毎日休まず、寝ている間は式神を使って、魔物を倒し続けた。

そのおかげで、俺はとんでもなく高レベルになっていたのだろう。

それこそ、ＳＳランクを素手で倒せるようになるまでに。

「……素でこれなら、影呪法の威力があがってるのもうなずけるか」

ひとり呆然と呟く。

その姿を、金髪の女性が、じっと見ていた。

「……ひかげくん？」

ややあって、彼女が口を開く。

「ひかげくん……だよね?」

彼女が立ち上がって、俺を見て言う。

流れるような金髪に、エメラルドのつぶらな瞳。

雪の妖精のように白い肌、愛らしいえくぼ。

……間違いない、彼女だ。

「お前……エステル、なのか?」

俺の問いかけに、彼女がうなずく。

「そうだよ。ほんとうに……ひさしぶりだねぇ」

……かくして俺は、彼女……エステルと何年かぶりに、再会を果たしたのだった。

二章　暗殺者、守り神となる

エステルとの再会とともに、蓋をしていた過去の記憶がよみがえる。

数年前のある日の夜。

彼女の住む屋敷が、燃えていた。

『おやじ！　どうして殺したんだよ！　おやじぃ！』

まだ幼い俺は、たった今任務を終えたばかりの父親に食って掛かっていた。

『……貴様は何を言っているのだ？』

不愉快そうに父親は顔をしかめると、蹴り飛ばしてきた。

『人を殺すのが我ら火影の忍びの仕事。あの貴族の家の当主を殺す。今回それが我らに与えられし役割ではないか』

『だからって！　あの子まで殺すのはおかしいだろ！』

『証言となりうる存在は、必要とあらば殺す。暗殺者として当然だ』

『くそ……！』

俺は炎に包まれている屋敷の中に、飛び込もうとする。

親父はその腕をつかむ。

『はなせ！　エステルを助けに行くんだ！』

『……愚かな息子よ』

みぞおちを蹴られ、俺はその場に倒れ伏す。

『かはっ！　げほっ！　ごほっ！』

『あの娘に同情したな……？』

父親は俺の髪の毛をつかんで持ち上げる。

『暗殺者に心は不要。命じられるまま、人殺しのためにナイフを振るうだけでいい』

『ちがうって……あの子は……俺に……力の……本当の使い方を、教えてくれたんだ……』

誰かを守るために、刃を振るうのだ、と。

あの子は、俺に生き方を示してくれた。

『愚か者……影使いとして歴代最高の才能を引き継ぎ、将来を嘱望したというのに……』

父親は心底、俺に失望したような表情を向ける。

『しかし、まだ間に合う。息子よ、鍛えなおしてやる。立派な暗殺者にな』

俵を担ぐように、俺を肩に乗せると、その場を後にする。

『いや……だ。待って……エステル……エステル――――！』

業火は楽しい思い出と屋敷を燃やし、後には何も残らなかった。

☆

運命の再会を果たしてから、数十分後。

俺はエステルたちとともに、森の中を歩いていた。

「それにしても、びっくりしちゃったよ。ひかげくんとまた会えるなんて！」

俺の隣を歩くのは、金髪の美しい少女エステル。

記憶の中の彼女と、面影(おもかげ)はそっくりだ。

しかし体つきは、めちゃくちゃ成熟している。

服からのぞく白く大きな胸に、目がいってしまう。

「ふふっ、ひかげくんは胸にご興味がおありで？」

にやにや、と楽しそうにエステルが笑う。

「……あ、いやその、ごめん」

「謝らなくていいよ。男の子だもん、しょうがないよね」

そのわかってますよ、みたいな顔が、余計に辛(つら)かった。

ああ、恥ずかしい……。

「それにしても、驚いちゃった。急に泣き出して、抱き着いてくるのだもの」

「……すまん。迷惑だったな」

もう二度と、彼女とは会えないと思っていた。

動転した俺は、彼女に抱き着いて、まるで子供のように泣いたのだ。

「ううん、迷惑じゃないよ。変わらないなーってちょっとうれしかった。背は伸びたけど、まだまだ子供だねぇ」

完全にガキ扱いされていた。……ちぇ。

当時は背丈も同じくらいだったのに、今では向こうの方が大きいなんて。

「安心して。成長期はこれからだから」

バシッ！　とエステルが俺の背中をたたく。

見た目は変わってしまったけれど、明るくて優しい性格は、昔のままだ。

良かった……生きてて……。

「どうしたのひかげくん。はい、ハンカチ。これ使って」

優しく照らす太陽のような彼女の笑みは、記憶の底で眠っていたものと同じだ。

話して、触れ合って、俺は彼女が生きていることを実感するのだった。

「しかしきみが【防人（さきもり）】だったとはねぇ」

「さきもり……？」

聞き覚えない単語だった。

「なんだよ防人って？」

「んー。それを私の口から言うのはちょっとダメなんだよね」

言えない事情があるのだろうか。

「詳しいことは【おばばさま】が教えてくれるはずだよ」

この森のまじないが、どうして解けてしまったのか気になっている。

「………………」

「どうしたの、ひかげくん？」

……彼女はあの村で暮らしているという。

つまりこのままじないが解けたままでは、エステルに危害が及ぶかもしれない。

それは、いやだった。

「おーいひかげくん？　無反応はちょっとお姉ちゃん悲しいかな」

「あ、いや……ごめん」

「ほうほう、えいやっと」

俺の腕に抱き着いて、ぐにぐにと自分の胸を押しつけて、えええ⁉

「なんでそんなひっつくんだよ！」

俺はバッ！　と彼女から素早く離れた。

ま、まだ生温かな感触が……い、いかんいかん！

「ひかげくんと久しぶりに会ったからだよ。お姉ちゃん、嬉しいんだ」

にへっとエステルが笑った。

「ちゃんとお別れできなかったからさ。どうしてるかなって……ずっと気がかりだったんだよ」

「…………」

子供の頃、俺はエステルの住んでいる屋敷に、【任務】として潜り込んでいた。

そのときに同じ時間を過ごした。

楽しい思い出だ。……だが、最後はとても悲しい別れ方をした。

「……ごめん。俺、エスエルが死んだと思ってたんだ」

「んー……えい♪」

エステルが立ち止まると、正面から俺をむぎゅっとハグする。

か、顔になんかとんでもないものが！

柔らかい……それに、なんだかとっても良い匂いが……って！

「もが……なにすんだよ……！」

「よしよし悲しかったんだね。大丈夫！　お姉ちゃんが慰めてあげる♡」

……そのセリフは、子供の頃なんども聞いた。

俺が落ち込んでいると、いつも抱きしめて頭をよしよしとしてくれた。

……本当に、懐かしい。

「落ち着いた？」

「……ああ」

彼女はニコッと笑うと、

「しかしひかげくんはかっこよくなったけど、中身はあのときのままだね。少し安心した」

「か、かっこよくなんて……なってないよ」

「謙遜なさるな。うん、背も伸びたし強くなったし……うんうん、きみがかっこよく成長してくれて、お姉ちゃんとっても嬉しいよ♡」

「ど、どうも……」

なんで、俺の成長を喜んでくれているのだろう。

けどまんざらでもなかった。というか、嬉しかった。

「もう少し行くと大きな木が見えてくるから、その根元にお姉ちゃんたちの村があるの」

そんなふうにふたりで歩いていた……そのときだ。影探知に反応があった。

「エステル！」

「なに……わっ！　ひ、ひかげくん⁉」

俺はエステルを押し倒して、覆い被さる。

「だ、だめだよひかげくん。お姉ちゃん確かに君のこと好きだけどまだ心の準備が！」

「伏せてろ！」

俺は警戒心を高めながら立ち上がる。

巨大な【蜂】が迫っていた。

「ブゥウウウウウウン！」

「で、でっかい蜂だ！　人くらいある！　しかも色が緑できしょくわるい……」

エステルが青い顔をして言う。

「影犬、エステルを守れ」

俺は影の犬を一匹作る。

あとは……式神の強さのテストに使う。

「だ、大丈夫なのひかげくん？　相手強そうだよ？」

「大丈夫だ。こいつはA級モンスター、【殺人蜂】。今の式神なら」

式神の強さは術者の強さに反映される。

先刻SS級を素手で倒せた、つまり式神もパワーアップしている。

敵が目にもとまらぬ速さで動く。

こちらを翻弄し、目を回したところでその毒針で殺すつもりだろう。

だが俺は、敵が速くてもあせることはなかった。

「殺せ、影犬」

俺の命令を受け、影犬はすさまじい速さで動く。

大きく顎を開けて、勢いよく敵に噛みつく。

「う、うそ……ひと噛みで倒しちゃった……！」

「A級を一撃か……とんでもないな」

改めて俺は自分が強くなった実感を得る。

エステルは笑顔で言う。

「すごいよひかげくん！　あんなでっかい蜂を一撃で！」

「喜ぶのは早い。伏せてろ！」

数え切れないほどの殺人蜂が、俺たちめがけてやってきていた。

……そこに違和感を覚えた。

魔物よけの結界が解けたから、魔物がやってくる。それはわかる。

「……次から次へ、どうして俺たちだけを狙ってやってくる？」

たくさんの人間がいるだろう。

この先には村がある。

エサ場が近くにあるのに、大群が押し寄せるのは不可解だ。

「なにか、引き寄せるものでもあるのか……？」

いや、考えるのは後にしよう。

「どうしよう、ひかげくん！」

「大丈夫だ。俺に、任せてくれ」

地面に、影に触れる。

「俺の呪力は、この森に限って、無限だ」

式影を発動させる。

莫大(ばくだい)な呪力に呼応して、無数の影犬たちがはい出てくる。

「ダメ押しだ。でてこい影鴉(かげからす)」

今度は数え切れないほどの鴉が、地面から湧き出てくる。

「殲滅（せんめつ）しろ」

俺の出した影犬、影鴉の大群が、いっきに殺人蜂に襲いかかる。

敵は式神たちにまるで歯が立たず、みるみる数を減らす。

「……Aランクの召喚獣を無制限に出せるとか、外の人間が知ったら仰天（ぎょうてん）するだろうな」

ものの数分で、式神たちは全てを食らい尽くした。

けれど勝利の余韻（よいん）に浸る時間はない。

「……これは手を打っておく必要があるな」

予想以上に魔物が大量に出現している。

結界が解けている今、何か対策を講じないと、村にモンスターが押し寄せる羽目となる。

俺は無尽蔵（むじんぞう）の呪力を使って、無数の影の式神たちを作り出す。

「村周辺を警護しろ。ザコをこの村に一切近づけるな」

式神たちはうなずくと散会する。

「ひかげくん、ほんとすごくなったんだねぇ」

感心したように、エステルがつぶやいたのだった。

☆

「……なんだ、これ。すげえ……」

目の前の光景に、俺は呆然と呟く。

そこに広がっていたのは……明るい世界だった。

「どうかなひかげくんっ！　すごいでしょう、【神樹】さま！」

「神樹……？」

エステルが得意顔で、それを見上げた。

あり得ないほど、巨大な樹木だった。

その近くには家屋や村人が見て取れた。

「この村を守ってくださっているすごい樹なのよ」

神樹からは、膨大な量の呪力を感じられる。

そして、まじないの残滓もあった。

「……あの神樹そのものが術式となって、この辺一帯に結界を張っていたのか。だとしたら術者がいるはず……それが【おばばさま】ってことか、エステル？」

「もしかしてひかげくん、わざと難しい言葉使ってる？　お姉ちゃんを困らせてからかおうってことかしら？　このー、いけない子めっ」

「……は、離してくれ」

エステルがニコニコしながら、俺を正面からむぎゅっと抱きしめる。

「ふふっ。ひかげくんはシャイボーイだねぇ。耳が真っ赤だよ？」

いちいち指摘してこないでほしい……しかも笑顔で。

ままなんにせよおばばさまから話を聞かないと始まらない。

「お姉ちゃんが村を案内してあげよう……って、あれ？　ミファ？　ミファ！　良かった、目覚めたのねっ！」

ぱぁーっと笑顔になると、影犬に乗っていた少女に抱きつく。

銀髪の少女が、うっすらと目を開く。

「あの……姉さま、ここは？」

ミファがキョロキョロと辺りを見回し言う。

その目は……キレイな紫色をしていた。

「【木花村（このはなむら）】よ。安心して」

むぎゅーっと、ミファを抱きしめる。

ホッ……としたのもつかの間、ミファは眼に涙をためて泣き出す。

「ごめん……なさい。わたしの……【邪血（じゃけつ）】のせいで……ふたりに危害を……」

「邪血？」

「大丈夫、もう危険は去ったよ。なぜならひかげくんがドラゴンを倒してくれたから！」

ビシッ……！　とエステルが俺を指さす。

「このお方が……？」

じっ、とミファが俺を見やる。

「あぅ……あぅうう～…………」

彼女は俺と目が合うと、顔を真っ赤にする。

と、そこで俺は気付いた。

とがった耳が覗(のぞ)いていたことを。

「魔族……？　いや、ハーフエルフか？」

「そう、美しきハーフエルフ！　どう？　すごいでしょう！」

えっへんと胸を張るエステル。

「エステルに妹なんていたのか？」

「そこはほら、妹的なサムシングよ」

なるほど、わからん。

まあエステルにとって俺が弟分だから、ミファは妹分ってやつだろう。

「あう……あうあう……」

ミファは目をグルグルと回しながら、ささっ、とエステルの後に隠れる。

「どうしたの？　お姉ちゃんのかわいいミファちゃん？」

「姉さま……この人……」

ぽしょぽしょ、とミファがエステルに耳打ちをする。

ふむふむとエステルがうなずいた後、ぱぁ……！　と笑顔になる。

「ひかげくん！　ミファがきみにホの字だって！」

「ね、姉さまやめてー！」

わああとミファがエステルの口を手でふさぐ。

「もが……危ないところを助けてくれた……もがが……王子様だ……もごご……」

ミファが一生懸命になって、エステルの口をふさいでいる。

なんなのだろうか……。

その後、俺はエステルの案内で、おばば様のところへ連れていってもらえることになった。

となりにエステル、背後にミファ。

「ここは……奈落の森（アビス・ウッド）の中だっていうのに、すげえ明るいんだな」

年中夜のような森の中とは、思えないほどだ。

日の光が普通に入ってきている。

「神樹さまがいるおかげで、光が入ってくるんだよ」

「どういう理屈なんだ？」

「樹は陽光を吸収・屈折するまじないが付与されてるらしく、光が村の中に届くんです」

ミファの説明に、俺は納得する。

あらためて彼女をまじまじ観察する。

体つきは……たしかに成熟している。

手足がほっそりとしている割に、胸も尻も思ったよりある。

「あうあう～……………」

「もう、だめよひかげくん。女子の体をじろじろみるなんてっ」

エステルがミファを抱くようにして言う。

「……ご、ごめんなミファ」

「い、いえ……は、はずかしいので……あなたに、見られると……」

ふるふる、とミファが首を振る。

「……俺みたいなやつに見られて不愉快って意味だったか？　だったらすまん」

「そ、そうじゃなくって……！」

ぶんぶん！　とミファが首を激しく横に振る。

「お、男の人……はじめてみたから。びっくりして……」

「え？　どういうこと……？」

と、おばばさま宅へ向かって歩いていた、そのときだ。

「お――――い、エステルー！　巫女さま――――――！」

たったったー！　と小柄な少女が、こちらに向かって走ってきたのだ。

黒髪を男のように短くカットしていた。

女とわかったのは、でかい胸と尻があったからだ。

「シリカ。ごめんね帰り遅くなって」

「もー心配したよっ！　めっちゃ心配した～。エステルも巫女さまも帰ってこないしさぁ～」

ボーイッシュ少女と目が合う。

「あれ……？　も、もしかして……男？」

シリカが目をむいている。

「そう、この子が防人さまだったのよ！」

エステルが俺を指差して言う。

「え――――！　すっご――――――い！」

ぱぁ……！　とシリカが目をキラキラさせて言う。

「あなたがおばばさまのいっていた【森を守る神の使徒】さまなんだねっ！　うっわすごい……本当にいたんだ……感激だー！」

彼女が俺の手を握ると、ぶんぶんと手を振った。

「いつもボクらを守ってくださりありがとうございます、防人さま！」

シリカがペコペコと頭を下げてくる。

どういうことなのか、さっぱりだった。

「待ってて！　いま防人さまに感謝したいっていてひと集めてくるからー！」

だーっ！　とすさまじい速さでシリカが走り去っていく。

「なんなんだ……防人って？」

「古い言い伝えにある、この森を守るため、女神さまが使わせた天の使いのこと……です。簡単に言えば……守り神のことですね」

「守り神……って、俺が？」

こくこく、とミファと、そしてエステルもうなずく。

「人違いじゃないか？」

「ちがうよ。ひかげくんはお姉ちゃんたちを守ってくれてたでしょう？」

俺のような矮小な人間が、人を守る神様だと？　ありえない。

そんなふうに考え込んでいた、そのときだ。

なにやら遠くから、たくさんの人の足音が聞こえてくるではないか。

「「「さきもりさま――――!!」」」

見やるとそこには……結構な数の、若い女たちがいた。

シリカを先頭にして、女集団が俺の元へやってくる。そして……。

「ありがとう防人さま！」「いつも本当に感謝してますわ！」「あんたがいるおかげで狩りが捗るんだよ！」「きみのおかげで木の実を摘みにいけるんだ。ほんとに感謝感謝だよ！」

わあわあわあわあ、と黄色い声をあげながら、俺の腕を摑んだりハグしたりする。

え、なに？　なんなのこの人たち……？

「あらこの子よく見ると結構可愛い顔してるわ？　どう、お姉さんとあっちでお話ししない？」

「ちょっとあんた！　抜け駆けすんな！　防人さまはアタシとおしゃべりするのー！」

若い女たちが、俺の腕を引っ張ったり、抱き寄せたりする。

ま、マジでなんなの……？

見知らぬ人から一方的に好かれてるのって怖いんだけど……。

「はいはいストップ！」

エステルがパンパン！　と手を鳴らしながら言う。

「巫女さまが言いたいことがあるそうです。はいミファ」

すすっ、とエステルがミファの背中を押す。

「みこさまだっ！」「今日も可愛いねぇい」「美人だねぇい」

女たちがミファに注目する。

かぁ……っと顔を赤くして、うつむきかげんに、ぽしょぽしょとしゃべる。

エステルがそれを聞いてうなずく。

「みんな聞いて！　巫女さまがこうおっしゃってたわ！　【おい野郎ども、防人が困ってるだろ！　感謝するのは後にしな！　このすっとこどっこい！】だって！」

いや明らかにそんなこといってないだろ……。ミファも首を振っているし。

「「はーい！　わかりました！」」

「従うんかいおまえら……」

若い女たちは「じゃあね防人さま！」「あとで良いことしましょう♡」「アタシいちどえっちってやつやってみたいんだよねぇ」と散っていった。

「……なんだったんだあいつら？」

俺はミファと、そしてエステルを見て言う。

「みんなひかげくんに感謝してるんだよ」

「なんでだよ」

ミファが顔を真っ赤にして、ささっとエステルの背後にかくれる。

「これはおばばさまに説明してもらうしかないねっ」

「どこにいるんだ？」

「神樹様の木の根っこんところに【洞】（ほら）があって、そこにいるよ」

早く結界のことについて、相談したかった。

今は俺の式神がいるから大丈夫だが、時間が経てば魔物の大群がエサを求めここへ来る。

この村には思っているよりたくさんの人が住んでいるようだしな。

エサが豊富で……って、あれ？

「そういえば……なんか女しかいなくないか？」

村の中を歩きながら、俺はエステルに尋ねる。

さっきの集団も、そして今道ばたにいるやつらも、みんな女だった。

「それはそうです。神樹様の結界は、女人以外を排除するというものですから」

「へぇ……。え？　でも俺は平気だったぞ？」

結界が切れる前から、俺は村近くの神社に普通に入れたしな。

「そ、それはたぶん……ヒカゲ様が、防人だからかなと……」

「いやだから防人じゃないって……人違いだよ……」

待てよ、この結界内には女の人しか入れない？

じゃあどうやって暮らしてるんだ？

力仕事もあるだろうし。そもそも生活必需品はどうしている？

こんな近くに魔物だらけみたいな森の中で、商人がやってくるとは思えない。

「……早くおばばさまにあいたいよ」

「も、もうすぐそこです……あそこ、です」

ややあって、神樹の根元までやってきた俺たち。

「ほんとうに、でけぇな神樹って……」

木の根っこの間に、なにやら舗装（ほそう）された道があった。

そこを先に進んでいくと、祠（ほこら）がひとつある。

「お、おばばさま。ミファです。防人様を、お連れしました」

「うむ、入るが良い」

祠の扉が開く。

そしてそこにいたのは……。

「よく来たな【防人】よ！　わしがこの村の長（おさ）……おばばさまじゃ！」

緑髪の……幼女がいた。

全裸だった。

もう、なんなんだよ、この村はよぉ……。

☆

ミファとエステルと別れ、俺はひとり、おばばさまと相対していた。

神樹の根元には洞があって、その中には和室があった。

畳に掛け軸にふすまと、俺の住んでいた里の建物でよく見た内装だった。

眼前には緑髪の幼女がいる。

さっきまで全裸だったのだが、今は白い小袖に緋袴を着崩している。

「黒い髪に黒い目……おぬしもしや【極東人】か？」

和室に巫女装束。そして、極東人を知っている……。

「あんたも極東の地から、この西方大陸に渡ってきた口か？」

遥か東に小さな島国がある。

俺の先祖、つまり火影の里の人間は、かつて極東に住んでいた。

こちらに流れてきた一族の末裔が俺である。

「正確にはちとちがう。母体となるこの神樹が、もとは極東の地にあったんじゃ」

「母体……あんた木霊か？」

「うむ。こちらの大陸では【ドライアド】というらしいがな」

樹に宿る精霊のことだ。

「なるほど忍びの末裔か。どうりでわれの結界をすり抜けられるはずじゃ」

火影の忍者はまず、結界をすり抜ける術から教わる。

忍び込む屋敷には、たいてい防犯用に張ってあるからだ。

幼少期から叩き込まれるため、無意識にすり抜けを行っていたらしい。

「あんたが結界を張っていた術者ってことでいいんだな？」

おばばさまがうなずく。

「わしがこの木花開耶（このはなさくや）村の結界師じゃ」

「コノハナサクヤ……偉そうな名前だな。由来は？」

「わしの名前じゃ。気軽にサクヤちゃんと呼んで良いぞ♡」

おばばさまことサクヤが、両指で自分のほっぺを指さし、笑顔で言う。

だいぶ年寄りのはずなのに、ノリが軽いな……。

「……ふたつ聞きたい。どうして結界を張っている？　なぜ結界が解除された？」

「おや、防人のことは聞きたくないのか？」

「別に。あんたんところの巫女が教えてくれたよ。森の守り神のことなんだろ？」

「おうとも。そして、わしの創作物じゃ！」

えっへんと村長が胸を張る。

「そ、創作物だぁ……？」

「ああ。森の守り神なんておらんわい。わしがこの森にモンスターをこさせないように結界を張っていたから、ま、いうならばわしが防人みたいなもんじゃな！」

かっか！　とサクヤが笑う。

「……なんでそんなもんでっちあげたんだよ」

「この森を守っているのは、結界ではなく防人という架空の人物が守っている、としたほうが敵の注意がいもしないやつに向いてこちらは安全じゃろ？」

術者が死ねば、結界が解ける。

だから結界師は自分が術者であることを、さとられてはいけない。

まあ、合理的な考え方といえた。

「……けどあんたのところの巫女やエステルは知ってたぞ」

「事実はそのふたりしか知らぬ。ミファは巫女し、エステルは世話係じゃからな」

他の村人は、村は結界ではなく、防人が守っていると教わっているらしい。

「防人の功績があって、村の若い衆は外に自由にでれてハッピーってことじゃ」

やたらと女からちやほやされた理由はそういうことか……。

「なんで女しかいないんだ？」

「わしの張っている結界は、女人以外は寄せ付けぬからじゃ」

「なんでそんな限定的な結界を張ってるんだよ？」

「それは……守るためじゃ。ミファとその母……【邪血の一族】をな」

さっきも出てきたな、その単語。

「結界を張ってまで守ろうとするのは、なんでなんだ？」

「それは……」

サクヤが答えようとした、そのときだった。

「まずい、侵入者じゃ！」

彼女が焦りながら立ち上がると、外へ向かって走り出す。

俺はその後をついていく……エステルの身に危険があったら大変だからな。

「バカな！　結界は万全ではないとはいえほぼ修復しかけていたのに……いったいなぜ⁉」

俺は走りながら考えを巡らせる。

「おそらく……空から入ってきたんじゃないか？」

「空じゃと⁉」

「……影探知に侵入者の気配はなかった。森からここへやってきたんじゃない」

俺の探知はあくまで影に触れていることが前提条件となる。

陸地から入ってきたら、探知に引っかかっていたはずだ。

「クソ！　結界は根元から修復していた。天井の修復はまだ不完全じゃったか！」

焦るサクヤとともに、俺は外へと出る。

「きゃ――――――！」

『ぐへへ……うまそうな肉だなぁ～……』

そこには三体の魔物がいた。

敵の一体は、犬人だ。

犬人が村人を、米俵のように担いでいる。

「ッ！」

エステルだった。

迷わず影呪法を発動させ、影で作った蝿を先行させる。

『美味そうだなぁ！　邪血の姫が食えねえからよぉ、こいつで我慢してやろうかなぁ』

「た、助けて、ひかげくん！」

影蝿が犬人の背中につく。

俺の影が今、敵のすぐそばにいるのと同じ状態だ。

『この村には男がいないんだろぉ～？　いったい誰がおまえを助けるって……ぴょ？』

ドサッ……！

『は、はれ？　お、俺様の頭が……とれて、胴体と離れて、りゅ……？』

「へ？　きゃあああああああああ！」

エステルが犬人の腕から落ちる。

地面に落ちる前に、彼女を抱きかかえて、着地。

「エステル。無事か？」

「う、うんっ！　ありがとう！」

俺はエステルを降ろす。

ケガはなさそうで安心した。
『き、貴様なにものだ⁉』
頭だけになった犬人が叫ぶ。
「今から死ぬてめえに答える必要はない」
俺は影呪法のひとつ、【織影】を使った。
自分の影を伸ばし、先端を刃に変え、犬人の体をバラバラに切り裂いた。
ちなみに首は、織影で小刀を作り、直接切った。
影転移(かげてんい)を使って、犬人の背後に回り、そこから一瞬で首を切った。
『キキッ……！　犬のやつ死んでやがるッ！』
『やつは我らの中で最弱……。死んで当然だろう？』
襲撃者三体のうち、残り二体が、俺の前にやってきた。
「猿にキジ……桃太郎(ももたろう)か？」
『猿ではない！　王猿(キング・コング)だ！』
『我は鷲馬(ヒポグリフ)！　誇り高き空の王だ！』
王猿に鷲馬がギャーギャーと騒いでいる。
あまり知性は高くなさそうだ。
「……おまえらは誰だ？　何の目的があってここへきた？」
俺は猿とキジと会話しながら、影式神を飛ばす。

『魔王四天王のひとり、ドライガー様の命で邪血の姫をいただきにやってきた！』

……猿がアホで助かった。

情報を聞き出すために、少し泳がしておくか。

「ドライガーってのは、四天王のひとり獅子王のことか？」

『そうだ！　我らは直属の部下、三獣士がひとりだ！』

どうやら魔王の部下の、さらに部下らしい。

「邪血の姫ってのはここの巫女のことか？」

『他に誰がいる！』

なぜ魔王がミファを狙う？

「邪血ってなんだよ？」

『それは』

『おしゃべりはそれくらいにしろ』

鷲馬が釘を刺す。

どうやらこっちの方が、知能があるみたいだな。

『邪血の姫を引き渡せ。さすれば村人も貴様にも手を出さないでやろう』

影蝿はすでに猿にもキジにもついている。

いつでも暗殺は可能だが……もう少し粘るか。

「おい猿。おまえらはどうして邪血の姫が欲しいんだよ？」

鳥は口を割らなそうだからな。
直情タイプのこっちに鎌をかけるか。
『猿ではないと言ったろうが！』
「良いから答えろこのエテコウ。脳みそが豆粒程度だから答えられないのか？」
『俺様を愚弄しやがって！　下等生物のくせにぃいいいいいいいい！』
王猿が勢いよく、こちらに向かって走ってくる。
やつの背中につけておいた影蝿を足下へ移動。
そこから影喰いを発動させた。
『な、なんだぁああああ‼　体沈むぅううううううう‼』
影喰いは影を底なし沼に変える。
ただ沈めるまでに時間がかかる。
死体にしてからでないと効果がない……と思っていたのだが。
『し、しずむぅうううう！　鴑馬！　た、たすけ……』
一瞬にして、王猿が影の沼に沈んだのだ。
「喰う速度上がってないか……？　俺のレベルが上がったから？」
つい最近、自分のレベルが急激に上がったから力加減がわからないのだ。
『王猿を一撃で呑みこんだだと⁉』
「おまえも死ぬか？」

『ひ、ひぃいい！　ば、化け物ぉおおおおお！』

魔物に化け物って呼ばれてちょっとショックだ……。

鷲馬は翼を広げて、空に向かって飛び立つ。

『お、覚えていろ！　今にもっと強い奴らをひきつれて、必ずや邪血の姫を手に入れる！』

「そんなこと……させねえよ」

手印を組み、影転移を発動。

影蝿をつけた鷲馬の背中の上に、一瞬で転移。

『な、なんだよおまえはぁあああ⁉』

「ただの、暗殺者だ」

織影で作った小刀で、敵の首を切断する。

着地の寸前、自分の影を【織影】でクッションに変えて、軟着陸する。

鷲馬の胴体が、少し離れた場所に落ちる。

「おい鳥。さっきの質問に答えろ」

『それは……ぐ、ぐわぁああああああ！』

突如として、鷲馬が苦しみ出す。

「どうした？　俺はまだ何も……」

と、そこで気付いた。

鷲馬の胴体の落下場所の近くに、ミファがいた。

ミファは腕を少し切っているらしく、腕を押さえていた。

「大丈夫か、ミファ！」

「は、はい……鋭い小石が飛んできて、少し肌を切っただけです」

落下の衝撃で小石が飛んだらしい。

大事にいたらず良かったと思った……そのときだ。

『力が……力がみなぎるぅうううう！』

鷲馬の胴体が、何倍にも膨れ上がっていく。

「まずい！」

俺は急いで影鴉を作り、鷲馬の胴体のもとへ飛ばす。

影転移で移動し、体に呪力を走らせる。

腕力を向上させ、鷲馬の頭部と胴体のふたつを、勢いよく、森に向かって投げた。

織影を使い、巨大な影の腕を作る。

影の両手を使って、鷲馬を勢いよく押しつぶした。

ボトボト……と肉片が、俺の眼前に落ちてくる。

「な、なんだったんだ……？」

ぐちゃぐちゃになった、鷲馬の肉片が、動き出したのだ。

俺はすぐさま影喰いを発動させ、完全に、肉片を沼に沈める。

「死ななかったのか……？」

戦慄していたそのときだ。

「ヒカゲ様！　ご無事でしたかっ？」

「あ、ああ……。危なかったがな。なんとか倒したぞ」

するとミファが、大きく目をむく。

「邪血を浴び凶暴進化した魔物を……いともたやすく倒すなんて……すごい……」

口をわななかせる。

「血を、浴びる……？」

「ええ……。腕を切ったとき、少量の血が、あのモンスターの体に付着したんです」

俺はさっきのバケモノを思い出す。

死んだと思ったら、生き返った。

森での俺の攻撃力は、ＳＳ級のモンスターを一撃粉砕できるほどだ。

それをもろに受けて、あの化け物は平然としていた。

元の鶩馬はたいしたことなかったのに……。

「進化したのか。おまえの……血、邪血を浴びて」

「はい……」

それ以上、ミファは語ろうとしなかった。

☆

魔王の部下襲来から、数時間後。

夜。俺は村はずれの、いつもの社にて、横になっていた。

「…………」

天井を見上げながら、はぁ……っとため息をつく。

「……いろんなこと、起こりすぎて……頭痛い」

思えばこの一年半は、実に変化に乏しい日々だった。

しかし今日、偶然エステルたちを助けたことで、状況が一変した。

「……いろんなもん、知っちまったな」

そのとき影探知に、反応があった。

影を伸ばし、社の扉を引く。

「わっ……！　びっくり。自動で扉が開くんだもの」

そこにいたのはエステルだった。

「ご飯を持ってきたよ。お腹すいたでしょう？」

「……ああ」

包みを持ったエステルが、俺の隣に座る。

重箱をぱかんと開ける。

「じゃーん。お姉ちゃん特製のちらし寿司よ。たぁんとお食べ」

ぎっしりと、米や魚介類が敷き詰められていた。

「さぁひかげくん、召し上がれ♡」

「……いただきます」

甘酸っぱい酢飯に、新鮮な刺身がぴったりだ。

「今日はほんっとうにありがとう♡」

にこーっと笑うエステル。

「……まあ、どういたしまして」

しばし無言で、俺は食事をする。

エステルは、お茶を淹れてくれたり、頬についた米粒を取ったりしてくれる。

かいがいしく世話をしてくれるので、なんだか気恥ずかしい。

「けど防人がひかげくんだったんなら、明日からは一緒にご飯食べよっかな」

な、なんか今……とんでもないこと言わなかった？

動揺する俺をよそに、彼女が笑顔で言う。

「一緒に食べるとご飯もおいしいよ？　ね？」

「…………」

俺は彼女の無垢な笑顔から、罪悪感で顔をそむけてしまう。

エステルはすっかり、明日からも俺が守り神をすると信じている。

一方で俺は、守り神を続けるか否(いな)かで、迷っていた。

サクヤとの会話を思い出す。

・邪血とは【邪神の力を宿した血】のこと。
・ミファの一族は先祖が邪神だった。
・邪神は全知全能の力を持っていた。
・死後もその力は一族に代々受け継がれている。
・その血は万物の創造と進化をもたらす。
・魔王は邪神の力を得て、世界を征服するため邪血を求めた。
・ここ数年、魔王の動きが活発になってきた。
・そしてつい先日、魔王の部下がこの場所を発見。
・この森への侵攻に耐えられなくなり結界が崩壊した。

「…………」

ミファがあの村にいる限り、争いがなくなることはない。

邪血の居場所を知られた以上、今後より一層、魔王軍は攻撃を仕掛けてくるだろう。

結界を維持するサクヤの体力が尽きたら最後だ。

「ひかげくん？　どうしたの、暗い顔して」

「……あ、いや」

「悩みがあるのならお姉ちゃんに相談して。ね？」

春の日差しのような、温かな笑みを浮かべる。

……俺は改めて、彼女が生きていて良かったと思った。

「……なぁ。あの村が、好きか？」

邪血という爆弾を抱えているのに、と言いかけて、やめた。

ミファはものじゃないんだ。そんな言い方はよくない。

「うんっ！　毎日すっごく楽しいよ」

俺に抱きついて、むぎゅーっとハグする。

「ひかげくんもいるし、今まで以上に好きになったよ♡」

「そうか……」

エステルは、この村が大好きらしい。

きっとここで、いろんなことがあったのだろう。

楽しかったり、嬉しかったりした思い出が、あるんだ。

「……けど、俺には何もない。からっぽだ」

俺には、ここにとどまる理由が、なかった。

正直ここを捨てて出ていっても、俺には何も問題ない。

ここに居続けるとなると、嫌でも邪血を巡る争いに巻き込まれる。戦うことになるだろう。

……なんのために？

なんのために戦うのか。なんのために生きているのか。

戦い続ける理由も何かを守る理由も……今の俺にはない。

本当にからっぽな人間だ……。

「そんなことないよ」

ハッとして、俺は彼女を見上げる。

エステルは慈愛に満ちた笑みを浮かべると、俺の頭を撫でてくる。

「じゃあ……俺には何があるんだよ？」

「強い力があるでしょう？」

エステルがよしよしと頭を撫でる。

「すごい力だよ。あんな恐ろしいバケモノを簡単にやっつけられちゃうんだから」

「けど……この力は、暗殺術で……人をあやめる力で……」

感情のままに、言葉を吐き出した。

だが彼女は黙って、俺の言うことを聞いてくれた。

「エステルに……言われたから。人のために使いなさいって……けど、ダメだった。結局俺は上手く使えなかった。勇者にいらねえって言われて……だから……」

「だから……もうその力は、もういらない？」

エステルの問いかけに、俺は静かにうなずいた。

こんな力があっても、なんの意味もない。

世のため人のために振るったところで、また必要ないと拒否されるだろう。

「ひかげくん……ダメだよ」

むぎゅっ、とエステルが俺を抱きしめる。

柔らかで、温かい……彼女の感触に、目がくらむ。

「その力はひかげくんそのものなんだよ？　いらないっていったら、かわいそうだよ？」

彼女は微笑(ほほえ)んで、俺の額にキスをした。

「きっとその力、悲しい悲しいって、泣いてるよ」

影呪法が……泣く？

「力を持っちゃったら、もう手放すことはできない。責任があるから」

「ノブレス・オブリージュ？」

「そう、それよ」

彼女の甘い匂(にお)いと温かな優しさが、かたくなだった俺の何かを溶かす。

「その力はひかげくんそのものなんだよ。ぞんざいに扱ったら、ふてくされちゃうよ。きみも、そうだったんでしょう？」

……そうか。俺は、ふてくされていたんだ。

いろんなやつに、俺自身を否定され続けて……もう嫌になっていたんだ。

「一度否定されたら、それで終わり？　一回拒絶されたからって、それで人生終了？　もったいないよ……それ」

「……じゃあ、どうすればいいんだ？」

彼女は微笑んで言う。

「わからない……だからお姉ちゃんが一緒に、探してあげるよ」

花が咲いたような笑みを浮かべる。

「ひかげくんが、心から望むこと、これから何がしたいのかを、一緒に」

ねっ、とエステルが明るく無邪気に笑う。

……この人はただ信じているのだ。

俺が……これからもずっと、そばにいるということを。

「……ああ、そうだな」

エステルを見て、俺はうなずいた。

「手伝ってくれよ。俺の、したいこと探しをさ」

彼女から離れて、手を伸ばす。

……俺が手にしている、力、影呪法。

奈落の魔物を倒して手に入れた、この最強のステータス。

これをどう使えば良いのか、正しい答えがわからない。

自分が何をしたいのか、するべきか、わからない。
だから今は、心のままに生きてみよう。
つまり……この子と、彼女が愛するあの村を……守ろうと。
「うん、お姉ちゃんに任せなさいな」
エステルが俺の手を握る。
かくして俺は、暫定的に、この村の守り神となったのだった。

三章　暗殺者、村を守る

翌朝の神社にて。

エステルの作った朝食をとった後、仕事用の服に着替える。

「ひかげくんのその格好、とってもかっこいいね♡」

「……ど、どうも」

影使いたちが着る、ごく一般的な服装だ。

「着心地もよさそうだねぇ」

まじまじと、エステルが服を見てくる。

彼女の美しいお顔が近くにあって、どきりとしてしまう。

「それで、これから何するの？」

「……戦力の増強」

エステルが首をかしげる。

「今でも十分に強くない？」

「……いや、魔王にミファの存在を知られたんだ。今後より強い敵が来るだろう」

だから新しい、より強力な式神(サーヴァント)を作るつもりなのだ。

「ありがとう、ひかげくん」

彼女が俺を見て、淡く微笑む。

「わたしたちの身の安全のために、いろいろ考えてくれて」

エステルは俺の手を握って、自分の胸に抱く。

ふにゅっ、と温かな感触が当たって、ドキドキしてしまう。

「……ざ、暫定とはいえ守り神だからな。しっかり務めるよ」

俺はエステルから離れる。

温かくて、やわらかな感触が、まだ手に残っている。

い、いかん。集中しないと。

手印を組み、俺は影呪法を発動。

影の中から、式神が出てくる。

「この子知ってるわ。村を襲った鳥の化け物よね？」

鷲馬(ヒポグリフ)だ。

胴体が馬で、鷲(わし)の頭と翼を持つモンスターである。

「…………」

青い顔をして、彼女が身を引く。

「……大丈夫。俺が使役(しえき)してるから、襲ってこない」

「そ、そっか。ひかげくん、いつの間に使役したの？」

「……このあいだこいつと戦ったとき」

影喰いで喰ったモンスターは、影式神として使うことができる。

式神が強ければ、呼び寄せるのに呪力を必要とする。

昔は動物を呼び出すのがせいぜいだった。

だが今は森の呪力があるからな。

「動物じゃなくて、この奈落の森（アビス・ウッド）の魔物を式神にしようって思ってさ」

エステルが感心したようにうなずいている。

「そんじゃ……ちょっと行って良い魔物がいないか探してくる」

俺は影鷲馬にまたがる。

「じゃあお姉ちゃんもついていこうかなっ」

いつの間にか、俺の背後にエステルが乗っていた。

「……なんでついてくんの？」

「実は一度お空を飛んでみたいって思ってたの」

わくわくした表情でエステルが言う。

まあ、いざとなったら俺が守れば良いか。

「……いくぞ。振り落とされんなよ」

「大丈夫！　しっかりひかげくんにつかまってるから！」

せ、背中にスライム……？

それにすげえ良い匂いも……。

いやいや！　今は仕事に集中だ。

俺は影鷲馬を飛ばし、森の上へと飛び上がる。

「ひゃあ！　たっかーい！　ひかげくんすごいよー！」

目をキラキラさせながら、エステルが周りを見やる。

「……別に俺がすごいんじゃなくて、この鷲馬がすげえんだよ」

「それを使ってるのが、ひかげくんじゃない。すごい！　天才！」

……悪い気はしなかったが、照れくさい。

「影探知では敵の詳細はわからんからな……こうして実際に見てみないと……とりあえず呪力の高い魔物のところへいけ」

俺は影鷲馬に命じる。

「わっ！　大きい毒蛇……強そうね」

「【毒大蛇】か……S級モンスター。まあまあだな」

俺は立ち上がって言う。

「エステルはここでまっててくれ」

「おっけー。がんばってね♡」

俺は影転移を発動させる。

影鷲馬から、毒大蛇の背後の影へと一瞬で転移。

毒大蛇が敵に気づき、舌を出しながら威嚇してくる。

俺は【織影】で小刀を作り、刃を敵の体に走らせる。

「すごいわひかげくん！　あんな大きなヘビを一瞬で細切れにするなんて！」

上空でエステルが歓声を上げる。

ヘビの背に乗って、走りながらただ毒大蛇を切りまくっただけだ。

「よし。それじゃ喰う……っと」

影喰いの効果で毒大蛇が影の沼に沈む。

これで新しい式神を手に入れた。

「次だ」

俺はまた鷲馬の上へ転移。

影探知を使って、呪力の強い魔物の元へ行く。

『お、大鬼王さま！　空に人間が！』

『なんだ貴様はぁ⁉』

眼下に大鬼の軍勢がいた。

大鬼はA級。大鬼王はS級だ。

「ちょうど良い。まとめていただくとするか」

俺は影鷲馬に乗った状態で大きく息を吸う。

下に向かって、思い切り息を吹きかけた。

『な、なんだぁ⁉』

『大鬼王！　空から毒の霧が……ぐぁあああああああああ！』

『こ、これは毒大蛇のスキル【毒霧（ポイズン・ミスト）】！　なぜ人間が……！』

毒の霧に触れた大鬼たちが、その場で失神する。

「ひ、ひかげくん、今の紫のけむりって、なんだったの？」

「影呪法の一つ影真似。取り込んだ式神の能力を、真似て使うことができるんだ」

影喰いでモンスターを食べると、式神として使うこともできる。

そしてモンスターの能力もコピーできる、という次第だ。

「さて食事だ」

大鬼たちが影の沼に沈んでいく。

影鬼軍と影大鬼を手に入れ、さっそく出現させた。

影大鬼は手下に命令して動かしてくれるから楽だ。

鬼の軍隊が森に散らばっていく。

「これでちょっと強いモンスターにも対処できる」

「なんだかもう……すごすぎて驚き疲れちゃったよ……」

今度は、今まで以上にでかい気配を感じた場所へ行く。

「か、火山が動いてる⁉」

「……あれは、火山亀だな」

ＳＳ級のモンスターだ。

山と見まがう巨体を持った岩の亀である。

地面を揺らしながら、結界へ向かって進行してくる。

「あんなのがきたら……ひとたまりもないよ！」

「……問題ない」

ついさっき、大鬼王からコピーしたスキルを発動。

【身体能力・超強化】

俺は織影で刀を作った。

森の呪力を極限まで刀に込める。

「……昔はこんな勇者みたいなこと、できなかったんだがなぁ」

基本的に闇討ち(やみうち)だからな、俺の戦い方。

「な、なにするのひかげくん？」

呪力をフルチャージ。

今、身体能力は、普段の何倍も強化されている。

「……いってくる」

「う、うんっ！　いってらっしゃい！」

影転移で、火山亀の足下へ。

仰(あお)ぎ見るほどの巨体がそこにある。

「…………」

まだ弱かった頃、強大な敵を前にすると体が震えた。

だから背後からの闇討ちを得意としていた。

敵におびえていると思わせてはいけないから。

「……どうしてだろうな。今はあんま、怖くないや」

その足めがけて、俺は刀を振るった。

『つらぁあああああああああああああああああ！』

山かと思うほどの足が、すっぱり両断される。

火山亀が悲鳴をあげながら、体勢を崩す。

俺は転移を繰り返し、残り三本の足を切り飛ばした。

「すごいすごい！　足が大根みたいにスパって切れてるわー！」

亀の足をすべて切り飛ばし、最後に俺は、火山亀の正面へと回る。

怒り狂った火山亀が、背負った火山から、巨大な溶岩の球を噴射。

溶岩の球が、俺めがけて飛んでくる。

「……きかねえよ」

織影そして影喰いを発動。

影の沼から、影で作った触手が生える。

飛んでくる溶岩を触手がとらえ、そのまま影の沼へと沈める。

「魔法攻撃も消せるのか……影喰いも進化してるんだな」

亀を見上げる。

ぶるり、と相手は体を震わせた。

「おまえはもう、用済みだ」

呪力装填した刀を、渾身の力を込めて、縦に振る。

仰ぎ見るほどの巨体が、バターのように容易く一刀両断され、絶命。

影喰いでその巨体を沼に沈めた。

これで影火山亀ゲットだ。

影転移を使って、エステルの元へ帰る。

「ただいま」

「…………」

エステルが、瞠目している。

「どうした？」

「ひ、ひかげくん……」

ぷるぷる……とエステルが体を震わせる。

「すごいすごい、すっご――――い！」

感極まった表情で、俺に抱きつく。

「あんな火山みたいな敵を倒すなんて！　普通の人じゃできないよ！」

きゃあきゃあ♡と大はしゃぎする。

目立つのは嫌いだが、こうして彼女に認められるのは悪くない。

「さて次の獲物は……」

と、そのときだった。

「どうしたの？」

影探知に、反応があった。

でかい呪力だ。数は二。

ひとつは、四天王級に強い呪力。

そしてもうひとつは……勇者の呪力。

「ひかげくん、顔が怖いよ」

「……なんでもない。いってくる」

☆

暗殺者ヒカゲが式神を作っている、一方その頃。

勇者ビズリー。年齢は二十一歳。

女神から勇者の職業をもらい、魔王討伐（とうばつ）を任された存在。

……現在、勇者パーティは、物理的に崩壊しかけていた。

魔族国と人間国の間にある、【奈落の森】の中。

四天王のひとり、獅子王【ドライガー】との戦闘の最中だった。

人の三倍くらいある、二足歩行する白い獅子だ。

「ちっ！　なんて強さだ！　こんな強いなんて、聞いてねえぞ！」

眼前のドライガーに悪態をつく。

『ハッ……！　よえーよえー！　勇者のくせにこんなよえーとはなぁ……！』

ドライガーが牙をむきだして笑う。

『逃げるなら見逃してやろう。我が輩は別件で忙しいからなぁ』

「て、敵に情けをかけるつもりか！　ふざけやがって！」

ビズリーはボロボロの体で立ち上がる。

「に、逃げましょう。いったんひくべきです……」

魔法使いのエリィが、ビズリーにそう提案する。

「みなここへ来るまで消耗しすぎました……」

残りの仲間たちは、すでに虫の息だった。

「ふ、ふざけんなよエリィ！　敵の提案に乗るっていうのかよ！」

「……今戦っても負けるだけです。態勢を整えるべき」

「うるせえ！　何寝てるんだ立ち上がれ！　それでも勇者の従僕か⁉」

ビズリーが声を荒げる。

「……無理です。もう、体力がありません」

「なさけないやつらめ！　どうしてそんな体力がないんだ！」

「……あなたが余計な戦いをしたからです……」

「おれのせいじゃない！　今まで露払いをしていた卑怯者がいなくなったせいだ！」

暗殺者ヒカゲ。

索敵能力に長ける彼がいたからこそ、余計な戦闘を回避できた。

だから、力を温存できていた。

このパーティをそれこそ【影】で支えていたのは、ヒカゲだったのだ。

『おいおい仲間割れか？　いかんぞぉ？　リーダーがそんな感情的になってはな』

「うるせえ！　魔族のくせに！　しねぇぇぇぇぇぇ！」

勇者は聖剣を持って立ち上がると、ドライガーに向かって無茶な特攻をかける。

彼はすでに魔力も体力も底をついていた。

ビズリーは剣を振る。だが……。

『弱いな、人間』

まるで蚊でも追い払うかのように、ドライガーがビズリーを張り倒す。

『やれやれ己の状態も顧みず無策で突っ込んでくるなんて、自殺行為だぞ』

ドライガーが呆れた調子で首を振る。

「う、るせぇ～……」

ガシッ……！　とビズリーの頭を摑み、持ち上げる。

万力の握力で、勇者の頭を握りつぶそうとする。

「ぎゃぁあああああ痛い痛い痛い痛い――――！」

『魔王様の命令だ。刃向かうものは皆殺しにしろとな』

「やめろ助けてたすけてくれぇええええ――――！」

ビズリーが子供のように泣いてわめく。

『ふんっ、そんな情けないセリフを吐く勇者なんて初めてだぞ』

ドライガーがひと思いにその頭を潰そうとした……そのときだった。

ビズリーを摑む腕が、何者かによって切り飛ばされたのだ。

腕ごと落ちたため、ビズリーは頭を潰されずに助かった。

無様に這いつくばった状態で見上げる。

「ひ、ヒカゲぇ～……」

そこにいたのは、約一年前にパーティから追い出した、暗殺者の少年だった。

「な、なんでおまえが……ここに……」

「………………」

ヒカゲは勇者を一瞥後、敵ドライガーと相対する。

『貴様は勇者の仲間か？』

「……違う」

彼から立ち上るのは、静かなる闘志。

魔王四天王を前に、微塵も臆する様子はない。

『ほう……なかなかの闘気。よく鍛錬されておる。手練れとみた』

ふむ……とドライガーがうなる。

だがビズリーにはヒカゲの変化がわからなかった。

「すっこんでろ！　おまえ程度の雑魚がかなう相手じゃない！」

『くくく、逃げるなら見逃してやろう』

勇者も魔族も、暗殺者ごときが太刀打ちできる相手ではない。

しかし勇者からの忠告を聞いても、ヒカゲは動じなかった。

「……必要ない」

「なっ……⁉　お、おまえこっちが善意で言ってやっているのに！」

『なんだ仲間割れか？』

「……そんなのとっくの昔に起こしてるよ」

ヒカゲはドライガーに向かって、ゆっくりと歩き出す。

影の異能を使って、手に刀を作り出した。

『ほう。真っ向勝負を挑むか。いいだろう！』

ドライガーは獰猛に笑うと、その巨大な腕を振り上げる。

再生された両腕を、勢いよく振り上げる。

まるで速射砲の如く、ヒカゲに連打を喰らわせる。
ヒカゲは影に逃げることをせず、正面からそれを受けていた。
「死んだな……おれの忠告を無視したからだ……バカなやつめ！」
と思った、そのときだ。
ドライガーの両腕が、いつの間にか切断されていたのだ。
『なんだと⁉』
「は、速すぎる⁉」
勇者と魔族とが、一緒に目を剝いている。
『なんて速さ！　しかも我が輩の高密度の魔力を込めた腕を吹き飛ばしただと⁉』
ドライガーがなりふり構わずヒカゲに突っ込んでくる。
自らの影にヒカゲが潜る。
敵は勢い余って、地面に激突。
そのまますごい勢いで影の中に沈んでいくではないか。
『なんのこれしき……！　ぐぬ……ぐぬぬぅ！』
影の沼から逃げようとドライガーがもがく。
その背後にヒカゲが出現。
「…………」
無言で敵の首を撥ねる。

動きが鈍ったタイミングで影食いを発動。

ドライガーの体が沼の中に沈んだ。

「……すごい。圧倒的すぎる」

仲間のエリィが、ヒカゲの戦闘を見てつぶやく。

「………」

ヒカゲは戦いを終えた後、刀を消し、きびすを返す。

「お、おい待てよ！」

ぴたりとヒカゲが立ち止まる。

「おまえ……おまえこんなに強かったのかよ⁉」

答えないヒカゲに、ぎり……とビズリーは歯がみする。

自分たちが、束になっても敵わなかった相手を、ヒカゲが瞬殺した。

自分が追い出したこの卑怯者に、命を助けられた。

その事実に、ビズリーは耐えきれなかったのだ。

「おまえ実力隠してやがったな！　この卑怯者！」

勇者の言葉に、エリィが絶句していた。

「び、ビズリー。それは……いくらなんでも酷すぎますよ」

「うるせぇえ！　こ、こいつはこんなに強いくせに手を抜いてやがったんだ！　卑怯者！　やっぱりおまえは卑怯者だ！」

「ビズリー！」

エリィは立ち上がって、ビズリーの頬(ほお)を、パンッ！　とたたいたのだ。

「いってぇなぁ！」

「助けてもらったんだからありがとうでしょう⁉」

「な、なんでこいつに礼を言わないといけないんだよ！」

「おだまり！」

エリィにしかられ、ビズリーは委縮(いしゅく)する。

「ヒカゲさん、助けてくださり、誠にありがとうございました」

エリィが深々と、ヒカゲに頭を下げる。

「……いや、別に」

「もしよろしければで良いのですが、わたしたちを森の外まで送ってはくれないでしょうか」

「なっ⁉　お、おいエリィ！　余計なこと言うな！」

「あなたは黙ってなさい！」

うぐ……とビズリーが歯がみする。

「われわれはこの通りボロボロです。どうかわたしたちに力を貸してください」

エリィはその場に膝をついて、深く土下座(どげざ)をした。

「こんなやつにそこまでする必要ない！」

「ビズリーがしたことを水に流すのは無理だと思いますが、なにとぞ！」

エリィは必死になって土下座した。

「……わかった。案内をつける」

そう言って、ヒカゲは影から式神を作った。

「な、なんだそれは⁉」

獅子王ドライガー。そして、竜王ドラッケン。

「……こいつらに道案内させるから、それで立ち去れ」

「………………」

ビズリーはヒカゲを、まるでバケモノを見るような目で見る。

あの魔王四天王を、自分の下僕にしてる……だと⁉

ヒカゲの技量に、ビズリーは激しく嫉妬した。

「本当にありがとうございます。このお礼は、またいずれ必ず！」

エリィが何度も頭を下げる。

「いや……いいよ」

「今はどちらに住まわれているのですか？」

「この森の中で……まあ細々と」

エリィと仲よさげに話す。

自分を無視して仲間の女と仲良くしてるのが腹立たしい。

「おいエリィ！　さっさと帰るぞ！」

ふらふらと立ち上がろうとしながら、ビズリーがエリィに叫ぶ。

「すみませんヒカゲさん。お礼は後日、必ず」

「……いや、だから良いって」

エリィがペコッと頭を下げると、ビズリーを立ち上がらせる。

「なんであんなのにお礼しなきゃいけないんだよ……」

バシッ……！　とエリィにまた頬をぶたれる。

「いい加減にしなさい！　彼がいなかったら、わたしたちは全員死んでたんですよ⁉」

うぐ……とビズリーが泣きそうになる。

「本当にごめんなさいヒカゲさん……」

「……早く行け」

エリィが何度も恐縮そうに頭を下げ、仲間たちとともに歩き出す。

「ちくしょう……おぼえてろよ……ヒカゲ……くそぉ……」

ビズリーはエリィにあそこまで諭(さと)されても、ヒカゲに対して憎しみを向けていた。

「……おいビズリー」

ヒカゲが、背後からビズリーに声をかけてくる。

「なんだよ！」

「……乗ってけ」

ヒカゲが大きめの影犬を人数分だした。

仲間たちはヒカゲにペコペコと頭を下げる。
……まるで、彼がリーダーみたいではないか。
「おれは乗らないからな！　絶対に乗らないから！」
「……好きにしろ」
そう言うと、ヒカゲはその場から消えた。
おそらくテレポートしたのだろう。
ヒカゲがいなくなった後、ビズリーはふらふらになりながら、森の中を歩く。
やがて力尽きて、その場で倒れた。
……結局犬の背に乗って、森を脱したのだ。
ひどく、惨めだった。
自分が追放した相手に、命を助けられ、そして情けをかけられた……。
彼はビズリーに対して、恨み言を何も言ってこなかった。
それどころか、弱者を普通に助けていた。
……向こうの方が、勇者のようだった。
だからこそ、ビズリーは本当に惨めに感じたのだった。

☆

俺はビズリーを助けた。

エステルとともに神社へ戻ると、巫女の少女ミファがいた。

彼女が持ってきたお弁当を食べた、数時間後。

ミファを送り届けに、村へと向かっていた。

「その……ヒカゲ様は」

ミファが俺を見上げて言う。

「村に……住んでは、くれないのですか？」

「……必要ないだろ。結界は張られてるし、敵の排除は神社にいたほうが都合良いしな」

村では森の中のように、無限の呪力で戦えないし。

「け、けれど、村に敵が侵入してきたら、一緒にいたほうがいいかな、と」

ミファがとがった耳を先まで真っ赤にして、消え入りそうな調子で言う。

「……まあ、ほぼないだろうし、大丈夫だろ」

以前魔族が力業で結界を破壊して侵入してきた。

あの日以来、村長のサクヤは結界を二重に張った。

外側の結界が破壊されると、俺にすぐ知らせが来るよう、まじないをかけてある。

仮に直接村の中に敵が外部から侵入してきても、対処が間に合う。

「ち、ちが……そうじゃ、なくて……。いっ、一緒にいてほしく……て」

なぜ頑なに一緒にいてくれと言うのだろうか。

「……俺とサクヤが村の中に敵を絶対に入れない。安全だ」

「そ、そうじゃなくて～……あぅ～……」

ミファがさらに顔を赤らめてうなっていた。

なんなのだ？

しばらくすると、村が見えてきた。

「「「さきもりさま～～～～～～～～～～～～～♡」」」

若い女たちが駆け寄ってくるではないか。

「……そ、それじゃミファ。また明日な」

真っ先に退散しようとしたのだが。

ガシッ……！

「み、ミファっ？」

「あのえと……お茶でもどうでしょうかっ？」

ミファがエルフ耳を朱に染め、ぴこぴこ動かしながら言う。

驚いている間に、たくさんの女たちに囲まれる羽目になった。

「きゃ～～～～♡　さきもりさまだ～！」

「いつも来てくれないのに今日はどうしたのぉ？」

「お姉さんといいことしにきたのかしら～♡」

俺の腕を引っ張ったり体に抱きついたりする。

柔らかい乳房の感触があちこちからする。
なんか良い匂いがそこかしこからするし……。
い、いかんっ！
「逃げちゃだーめ♡　さきもりさま、一緒におしゃべりしましょー！」
「あー！　ずっるいわよ！　あたしだってもっと仲良くなりたいんだから！」
「さきもりさまは私のものよ！　あんたたちはひっこんでなさい！」
ぎゃあぎゃあと、やかましいことこの上なかった。
しかし本当にいろんなタイプの女性がいるな。
そのなかに砂漠エルフがいた。
かつてはダークエルフと呼ばれ、魔族だったことのあるエルフの亜種だ。
焦げ茶色の肌と、明るい髪色。
目を見張るほどの発育のいい胸が特徴的だ。
『くすっ♡　かわいいわね、坊や……♡』
砂漠エルフが俺の胸に手を触れた……そのときだ。
ザワッ……！　と、殺気を感じた瞬間には……。
『くふふっ♡　あーら坊や……思った以上にやるわねぇ♡』
砂漠エルフが、殺意むき出しで笑ってくる。
その手には氷の剣があった。

俺は織影を発動させ、影の触手を伸ばし、氷の剣を止めたのである。

『殺気と魔力を完璧に隠していたのに……それに気付くとはさすがね』

女たちが悲鳴を上げながら逃げていく。

【影式神】を発動させ、影鷲馬を出す。

いざとなったらミファをこれに乗せて逃がすつもりだ。

「……魔王の手下か？」

『ええ、わたくし魔王の側近、右腕を担当してる【ヴァイパー】よ』

ダークエルフ……ヴァイパーが呪力を高める。

氷の槍が地面から生えて、俺の体めがけて突き刺してくる。

織影で影の刀を作り、氷の槍をなぎ払う。

『これが影呪法ね。大賢者のわたくしでも見たことのない魔法があるなんて……世の中ほんと広いわね』

影の先端を刃に変えて、ヴァイパーをめがけて放つ。

まるで蝶々のように回避してくる。

「……飛んでやがる」

『飛行の魔法よ♡』

ヴァイパーの背中には、氷でできた蝶々の羽があった。

氷の魔法に、飛行魔法など多彩な魔法を使う。

さらに言えば、こいつは結界と俺の影探知を抜けてきた。

そうとうな魔法の使い手である。

「……何しに来た？」

『あっはぁ♡　わかりきってるでしょう？　邪血のお姫様をいただきにきたのよ♡』

ヴァイパーが空中で俺を見下ろしながら言う。

「魔族は全員、返り討ちになってるんだが、情報共有はされてないのか？」

『ええ。だから……坊やを殺す算段も、ちゃんとつけてきてるわ』

妖艶に、だが目には殺気を宿しながらヴァイパーは高く飛び上がる。

影の刃をヴァイパーへと伸ばす。

しかし刃が途中でぴたっと止まった。

『あなたの力は、影を媒体にしているから、影のない場所での戦いに弱い。今は夜。影は……日中より薄くなるわ』

確かに朝より夜の方が、影が薄い。

呪力と威力は、日中の方が強いのである。

『そして弱点その二。遠隔での攻撃方法が皆無。こんなふうに！』

パキパキパキ……！　と羽の周囲に氷の槍が、いくつもできあがる。

勢いよく槍が俺めがけて降ってくる。

俺は自分の影に潜って、攻撃をかわす。

速射砲のごとく、氷の槍が地面に刺さる。
……これはこっちも、策を練った方が良いな。
ややあって、【俺】は外に出る。
『あなたの弱点その三……！』
ヴァイパーがまた氷の槍を生成。
【俺】に向けて打ってくる……と身構えた、そのときだ。
『弱点が周りにたっくさんあることよ！』
ヴァイパーは【俺】ではなく、村に向かって氷の槍を撃った。
「………………」
【俺】はあらんかぎりの呪力をこめて、影の傘を作り、村を覆う。
影の傘が、氷の弾丸をすべて防ぐ。
『影の薄いこの状況下で、よくわたくしの攻撃を防いだわ。さすがね。けど……』
にぃ……っとヴァイパーが笑う。
『広範囲に影の防御魔法。ずいぶんと魔力を使うみたいじゃない』
スキルかなにかで、相手の魔力量を測っているようだ。
『肩で息してるけど大丈夫ぅ～？』
ヴァイパーが【俺】を見て余裕の笑みを浮かべる。
……よし、だまされてるな。

【俺】は影のハシゴを作り、空中のヴァイパーまで伸ばす。
そのままハシゴを駆け上がっていき、刀でヴァイパーを切りつけた。
『甘いわぁ……！』
ヴァイパーが羽を広げて、さらに上空へと舞い上がる。
刀がスカッ……！　と空を切る。
『残念♡　けどいいのかしら、そんな考えなしにつっこんできて』
実に愉快そうに、ヴァイパーが笑う。
『空中で、いったいどうやって攻撃を避けるというの？』
氷の槍を無数に作り、【俺】に突き刺した。
「ヒカゲ様……！」
ミファの悲痛なる声が、【頭上】から聞こえる。
【俺】は氷の槍で串刺しにされると、そのまま地上へと落下した。
「…………！」
ミファが青い顔をして、【俺】の死体を見やる。
『あっはぁ♡　あなたを守るナイト様、死んじゃったわね～♡』
敵は降り立ち、ミファへ近づく。
『あなたがおとなしく魔王様のもとへくれば……死なずにすんだのにね』
ミファは瞳に涙をためて、両手で顔を覆い隠して泣き出す。

「……ごめんなさい……わたしの、せいで……」

『はぁあああん……♡　いいわその表情……最高よぉ～……♡』

氷の羽を解除して、ミファに顔を近づける。

……よし、呪力もだいぶたまってきてる。

『わたくし、人が苦しんだり泣いたりしてる顔、だぁいすきなのぉ♡』

俺は手印を組み影呪法を発動させる。

無数の影の槍がヴァイパーを貫いた。

『これは坊やの術……くっ！　ばかなっ⁉　死んだはず！』

バッ……！　とヴァイパーが【俺】の死体……と思い込んでいる【それ】を見やる。

だが【俺】は溶けて消えていった。

『な、まさか……影の身代わり人形⁉』

「……その通りだよ」

『！　ぼ、坊や⁉　どこにいるの⁉』

ヴァイパーが見当違いの方向を見ながら言う。

影から出て背後にまわると、影の刀で、やつの首を切る。

ぼとり、と首が胴体から落ちる。

俺は呪力を込めた刀で、急所である心臓を突く。

「ヒカゲ様っ！　ご無事だったのですねっ！」

ぱぁ……！　とミファが明るい笑みを浮かべる。

「けど……いったい今までどこに？　それに……先ほど死んだヒカゲ様は……？」

「……あれは幻影。影で作った人形だ」

「でも……まるで本物のように動いてましたけど？」

「……影繰り。影で糸を作り、物体を動かす術だ」

潜影で影の中に潜ったとき、力押しではダメだと悟った。

俺の呪力は今足りてない状態なので、無理な勝負をしたら負けるのは必定。

だから罠を張った。

影の人形で死んだように演出し、油断するまで、ミファの影の中に隠れていたのだ。

「すごいです！　さすがヒカゲ様！」

『……くふっ』

首だけになったヴァイパーが笑っていた。

『素晴らしい……素晴らしいわぁ～……♡』

うっとりとした表情を、俺に向ける。

『わたくし、人を痛めつけるの大好きだけど、ほんとうは痛めつけられるのも大好きなの。

……けど誰もわたくしを満足させてくれなかった』

熱っぽくヴァイパーが呟く。

『あなたなら満足させてくれる。ねぇ……わたくしの旦那に』

「……ならん」

俺はヴァイパーの死体を、【影喰い】でさっさと処理した。

「ふぅ……」と安堵(あんど)の吐息をついた、そのときだ。

「これであなたの下僕になれたわけね♡　ご主人様♡」

脳内にヴァイパーの声が響いた。

「な、なんでおまえ自我を保ててるんだよ……？」

式神になったやつは、自我と意識を失い、完全な操り人形になる。

「さぁ。わたくしが特別な職業……大賢者だからじゃないかしら？」

「……おまえ、魔族のくせに職業もちかよ」

ずぉおおお……！　と、俺の影から、式神が勝手に出現する。

黒衣を纏(まと)った、ダークエルフのヴァイパーだった。

「はぁ……♡　はぁ……♡　ご主人様〜♡」

ヴァイパーが、目にハートを浮かべて、俺の元へ来る。

「あなたの犬になれたのですね♡　どうぞわたくしを虐(しいた)げてくださいまし♡」

「い、いやだよ気色悪いな……」

ヴァイパーが俺の腰にしがみつく。

ぐいぐいとその頭を押しのける。

「いいですぅ最高ですぅ〜……♡　ご主人様、もっとわたくしをいじめてください♡」

「……式神解除して完全に消すか」

「お、おまちください！　わ、わたくしを式神にしておくと便利かと思います！」

必死になってヴァイパーがうったえる。

「この身には莫大な魔力が内包されています。影の薄い場所でも、影呪法が森の中と同じレベルで使えるようになります！　また強力な魔法も使えます！　かならずや戦いのお役に立つかと！」

それに！　と続ける。

「わたくしには【鑑定眼】があります。今回のわたくしのように隠れている敵を見抜くことも可能！　さらに言えば【並列思考】というスキルを使えます！　これがあれば影呪法をさらに応用させることが可能です！」

ヴァイパーが地面に頭をこすりつけて言う。

「どうかあなた様の忠実なるメス奴隷としておいてくださいまし！」

……結局、俺は魔王の側近を飼うことにした。

☆

数日後の朝。

俺は村を支える大樹・神樹の根元にある、祠の中にいた。

目を覚ますと……ヴァイパーが俺に覆い被さっていた。

「……何してんだ？」

「かわいらしい寝顔を見ていたら発情してしまいましたの♡　めちゃくちゃにしていい？」

俺は無言で、彼女を影の中に沈める。

「ひどいですわご主人様。お外に出してくださいまし～」

「……呼んだときだけ出てこい」

神樹の祠の中。

木の根元の中とは思えないほどに広く快適だ。

村長サクヤがまじないで異空間を作っているんだと。

……どうして俺が村の中にいるのか？

サクヤとミファに、ヴァイパー襲撃事件の後、頭を下げられたのだ。

襲撃が今後もあるかもだから、村に滞在して欲しいと。

ヴァイパーのような手練れがまた来られても困るからな。

ゆえに俺は、この村での生活を決意した、のだが……。

俺は朝食をとって、祠の外へ行く。

「「防人さま♡　おはようございます――――す！」」

祠の前で、村の若い女たちが、俺が出てくるのを待っていた。

「ボク、おにぎりつくってきましたっ！　ぜひお弁当に食べてくださいっ！」

「あーずっるいわよー！　アタシの手作りサンドイッチ！　愛情たぁっぷり入ってるのっ♡こっちを食べてっ！」

ある村人からはお弁当を押しつけられ。

「ねぇ、防人さま♡　今日の午後おひまかしら♡　お姉さんと一緒に森でデートしない♡」

「なあなあ防人さま！　近くに湖があるんだよ！　アタシと一緒に泳ぎにいかないかい？」

こうやって村の若い女たちから、しつこくつきまとわれているのだ。

「はいはいみんな～、抜け駆けはダメよ～♡」

同じく祠の中から、金髪の姉エステルが出てくる。

「【ＳＤＣ】の会則第一条を、忘れた？」

「『第一条！　防人さまの嫌がることは、絶対にしてはいけない！』」

エステルが言うと、村の女たちが嬉しそうに答える。

村の女たちは俺に挨拶をすると、その場から散っていく。

え、ＳＤＣ？　会則？

「エステル。【ＳＤＣ】ってなんだ？」

「ふふっ、【防人・大好き・クラブ】よ」

「……なんだそのあやしいクラブは？」

「ファンクラブよ。ひかげくんのこと大好きな子たちで結成されてるわっ」

……いつの間にそんなものが結成されてたんだ。

「ちなみに会長はわたし。名誉顧問はサクヤ様。部長はミファです！」

ミファまでこんな妖しげな組合に入ってるのか。

「会員数は順調に伸びてるよ。村人全員がＳＤＣの会員になる日は近いわ！」

なぜかワクワクしてるエステルを見て、ため息をつく。

「……仕事に行ってくる。ミファの護衛は【影エルフ】に任せてあるから」

「うん、いってらっしゃぁい♡」

エステルに見送られ、村の中を歩く。

途中ＳＤＣの会員からもみくちゃにされながら、村の外へ到着。

すぐさま影転移で、森の中へとやってきた。

「……はぁ。落ち着く」

このまま森で暮らしたい。

「それでも村にいて護衛役をする。やさしくて……すてきですわぁ～♡」

「……おまえ、ミファを守れって」

いつの間にかヴァイパーが、俺の影から出ていた。

黒いドレスを来た褐色紫髪の巨乳女が、よだれを垂らしながら言う。

「ご心配にはおよびません。きちんとあちらのわたくしとこちらのわたくしは、意識を共有させていますもの」

ヴァイパーが手印を組むと、もうひとりの影エルフが出現したではないか。

これは幻影、影で身代わり人形を作る術。

「……影呪法、使えるようになったのか」

「ええ、もっともご主人様ほど上手に操れませんし、威力も数段落ちますが」

ミファの護衛は、ヴァイパーが作った幻影にさせている。

「けど村の中の様子はどうやって察知するんだよ」

「わたくしには【並列思考】という特殊な技能がありますの」

「へいれつ……しこう？」

ヴァイパーがうなずく。

「複数同時に別々のことを考えることができるというスキルですわ。平たく言えば、わたくしの意識を、こうして別のものに移すことができますの。ねえ、わたくし？」

ヴァイパーが幻影に問いかける。

「そのとおりですわ、わたくし♡」

幻影が応答する。

「他の影式神にもわたくしの意識をつなげることは可能です」

俺は試しに影犬を出す。

「ごしゅじんさまぁ〜♡　メス犬ちゃんのわたくしとぜひ野外で獣のようなまぐわいを！」

「……なるほど。便利だな」

術を解いて、影犬ヴァイパーを消す。

「今まで影式神は思考を持っていませんでした。ですがこうしてわたくしの意識を移すことで、考え、行動ができるようになったのです」

ぱちんっ！　とヴァイパーが指を鳴らす。

森の中から影犬が、大きなカエルをくわえてやってきた。

「強酸蛙(アシッド・トード)です。取り込めばスキル【強酸吐き(きょうさんはき)】という、防御鎧(ぼうぎょよろい)を溶かす便利なスキルが手に入ります」

影喰いを発動させ、新しい式神とスキルを得る。

今まで式神は、俺の【魔物を倒せ】という命令にのみ従って行動していた。

でもヴァイパーが動かしてくれれば、スキルを勝手に取り込んでくれる。

「これからは細々とした運用はお任せあれ」

ニコッとヴァイパーが笑う。

「わたくしで対処できないときだけ、ご主人様にお知らせする形にすれば、ご負担が軽減されるかと思います」

今まで俺は、敵を見つける作業と、敵を倒す作業を同時に行っていた。

こいつが管理してくれるなら、戦闘（防衛）のみに集中することができる。

「すまん、助かる」

「はぁあああん♡　お、お褒めの言葉はいらないので、ぜ、ぜひっ！　わたくしを罵(ののし)ってください！　踏みつけてください！　虐(しいた)げてくださいまし〜〜〜〜♡」

ずしゃー！　とヴァイパーが俺の前に仰向けで寝る。

……まあ、確かに褒美は必要だとは思う。

俺は仕方なく、こいつのお腹に足を乗せる。

「～～～～～～～～♡」

ヴァイパーが目をハートにして、体をビクビクさせた。

「……しあわせすぎて、果ててしまいましたぁ」

こいつはこういうやつだって割り切ろう。

「ご主人様。南西の方角に、強力な魔物が出現しました。位置は把握してますので、影転移して対処に向かってください」

変態っぷりをさらしていたと思ったら、すぐさま俺に敵のアナウンスをしてきた。

使えるやつだと思いながら、現場へと転移する。

「……なんだ、あの敵は？」

俺の見たことのない魔族だった。

青色の肌に髪、体の周りに二匹の小さな龍を侍らせている。

「あれはアストロトという悪魔ですわ」

影の中から、俺に敵の情報を告げる。

「魔王軍の強力な悪魔です。体と龍には強力な呪いの毒が付与されていますので、直接攻撃は避けてくださいまし」

……こいつを飼って、さまざまな恩恵を得た。

一番の良かったと思うことは、魔王軍の詳細な情報を、事前に知れるという点。

「本体は龍のほうです。ひとがたを何度倒しても無駄です」

「了解」

俺は影で槍を二本作り、龍めがけて投げ飛ばす。

途中、槍が勝手に動き、急所を正確に射貫（いぬ）いた。

「僭越（せんえつ）ながら影繰りを使い、槍の刺さる位置を修正させていただきました」

「……助かる」

この変態を式神にしたことで、戦闘が楽になっているのは確かである。

「ご主人様！　褒めないでください！　ののしって！　もっと口汚く！」

「……うるせえ。無駄口たたくな」

「あぁあ――――りがとうございますぅうううううう！」

……訂正（ていせい）。苦労が増えまくっていた。

アストロトを影喰いで取り込み、スキル【呪毒（カース・ポイズン）】をゲット。

「保有スキルはわたくしがすべて把握しておりますので、したいことをおっしゃってくだされば適切なスキルをご紹介いたします♡」

「……助か」

「ののしって！」

「……助かったが豚が勝手にしゃべるな」

「あざっす！」

その後もヴァイパーの先導のもと、俺はサクサクと悪魔を倒してくる。

アストロトをはじめとした悪魔の魔族は【ソロモン72柱】という、魔王が自ら生み出した強力な魔族の軍勢であるらしい。

魔王の秘蔵っ子で、歴史上で実戦投入されたことはないらしい。

「……秘中の秘を使うってことは、向こうもいよいよ本気ってことか」

「ええ。ご主人様の強さを知り、邪血の姫君を手に入れようと躍起になっているのかと」

こいつを仲間にして良かったな、ソロモン72柱は未知の強敵だし。

さっきの悪魔だって、毒を使うやつだと知らずに戦っていたら、どうなっていたことか。

「ありがとよ、このきめぇメス豚」

「ふぁぁあああああん♡　し、しあわせぇ〰〰〰〰〰〰〰〰♡」

……正直悪口をいうのは疲れるのだった。

さてそんなふうに、ソロモン72柱を楽々と狩っていた……そのときだ。

「ご主人様。強敵です。72柱の中でも特に強い敵が現れました」

俺はヴァイパーに道案内させる。

下半身がクモで、上半身が人間の、巨大な化け物だ。

「ソロモン72柱がひとつ、【バアル】ですわ」

俺のとなりにヴァイパーが出現する。

「知性はありませんが、純粋な攻撃力でいうとＳＳＳ級。つまり魔王レベルの強敵です」

「ＳＳＳ級」

どうやら魔王も本気でミファを取りに来ているらしい。

「……やるか」

「お待ちください。ここは大賢者の魔法を使うべきです」

「……根拠は？」

「やつは強力な再生能力を持っています。斬撃は危険です。体の一部から、あの巨大なクモがそのたびに生成されます」

「……つまり殺すなら一気に殺せってことか」

「ええ。なので魔法を使いましょう。わたくしの氷魔法でやつを一瞬で凍り付けにします。その後は影喰いで食べるのが一番かと」

「了解した」

バアルは俺たちに気付くと、その大きな足を振り上げる。

再生持ちであることを知らなかったら、切って払っていたことだろう。危なかった。

バアルの攻撃をよけると、距離を取って、織影で柱を作って上る。

「……俺、魔法って使ったことないんだけど」

「わたくしにお任せあれ。敵に手を向けて、ただ呪力を込めればそれでいいです」

俺は黙ってうなずくと、右手を蜘蛛男バアルに向ける。

「……【絶対零度棺(セルシウス・コフィン)】」

天空から、バアルを中心に氷の嵐が吹いた。

強烈な突風は、しかし瞬きする間に、唐突(とうとつ)に終わる。

そこにいたのは、氷漬けになったバアルと、見渡す限りの氷の大地。

「……俺が、やったのか?」

「ええ！　ここまでの威力はわたくしだけでは出せませんでしたわ！　さすがご主人様！」

魔法が発動する前に、危険を感じて、とっさに村（の結界）を影の傘で覆(おお)っていた。……そうしなかったら、余波で村にも被害が出ていただろう。

「……魔法は、ここぞってときだけにしとくぞ」

「？　もっとバンバン使えばいいじゃないですか？」

「……周りの被害考えろ、この豚」

「そのとおりでございますぅううううううう♡」

……かくして。大賢者を手にしたことで、俺は強くなった。

☆

一週間後、奈落の森に来訪者があった。

……村やミファのことを知られたくない俺は、神社へと移動。

社の中にて、俺は【国王】と相対していた。

「よっ。ヒカゲ。元気だったか？」

目の前に座る初老の男が、俺に気安い調子で言う。

「……お久しぶりです、国王陛下」

背が高く、がたいもいい。常に人当たりの良い笑みを浮かべている。

国王の後にはビズリーとエリィが控えていた。

「堅苦しい挨拶は良いって。それよりおまえちょっと明るくなったか？」

「……そう、ですか？」

「ああ。ふぅむ……さては美味い飯を作ってくれる嫁さんでもできたか？」

にやっ、と国王が笑う。

「……できてないです」

「なんだ、てっきり出迎えてくれた美女が、嫁さんかと」

影の中で、大賢者ヴァイパーが『わたくしは下僕でございます』と騒いでたが無視。

「……国王陛下」

「もっと砕けた調子でいいって。あとため口でいいぞ」

「……陛下は、こんな危ない森に、いったいどうして来たんですか？」

さすがに現国王になめた態度とれないからな。

「今日はおまえに謝りに来た。それと、お願いだな」

国王はすっ……と居住まいを正すと、深々と頭を下げた。

「すまなかった。ビズリーがおまえにしたこと、俺が謝る。大変申し訳ないことをした」

俺は慌てて言う。

「……あ、頭を上げてくださいっ」

「そうです英雄王！」

後で控えていたビズリーが、声を荒らげながら、俺の前に来る。

「こんな卑怯者（ひきょうもの）のためにあなた様が頭を下げる必要ありません！」

……いや、まあ確かに国王が謝る必要ないとは思うが、おまえが言うか？

「こんの、おばかぁあああ！」

魔法使いエリィが、勢いよくやってきて、ビズリーの頬（ほお）をぶった。

「あやまるのはあなたの方でしょうが⁉」

「ぶ、部下のくせに勇者に手を上げるとは！　なにごとだ！」

「うるさい！　ばかっ！」

言い争う二人を、止めようかと思ったそのときだ。

「エリィ。ビズリー。落ち着け」

国王がふたりに、静かな調子で言う。

だがそこには確かな厳しさもあった。

「けんかするのは仲いい証拠だ。けど今は、時と場合を考えような？」

「は、はい……」

しゅん……と肩をすぼめる勇者と魔法使い。

「すまん、ふたりが失礼したな」

「……いえ」

「ビズリーのしたこと、本当に申し訳なかった。俺の監督不行き届きだった」

「……もう良いですよ。終わったことですし」

「英雄王が謝る必要ないだろうが……」

ぐぬぬ、とビズリーがうなる。

「ええ悪いのはうちのバカリーダーなんですから。英雄王が謝る必要ありませんよ」

「いいや。ビズリーは俺の大事な臣下だ。臣下のミスは国王である俺のミスだよ」

「……ヒカゲぇ。おまえのせいで……絶対ゆるせねえぞ」

ぶつぶつと、ビズリーが、何か小声で言っていた。

「……それで、陛下。お願いというのはなんでしょう？」

「おお、そうだった。すまん」

国王は俺の前で、また深々と頭を下げた。

「ビズリーのパーティに、戻ってくれないだろうか？」

国王からの申し出に、俺は目をむいていた。

「……どういう、ことですか？」

「単純な話だ。ビズリーだけでは魔王は倒せない。おまえの力が必要なんだ」

四天王ドライガーを俺が倒したことは、エリィから国王に、報告がいっているようだ。

「臣下がおまえにしたことは、許せないことだろうとは思う。だが……どうか、この世界の平和のために、また力を貸して欲しい」

……どうするべきだろうか。

村を守る俺にとって、魔王はいつか倒しに行かないといけない相手。

しかし今の力で、果たして魔王を倒せるだろうか。

と、答えに迷っていた……そのときだ。

「ヒカゲてめぇぇぇぇぇぇぇぇぇ！」

ビズリーが立ち上がると、俺に殴りかかってきたのだ。

俺は影呪法を発動させようとする。

だが国王が目にもとまらない速さで動き、勇者を組み伏せたのだ。

……さすが武芸に秀でた英雄王。魔物の巣窟に国王がこられたのは、この人が強いからだ。

今は年老いて、全盛期ほどの力を出せないらしいが。（あと二十歳若ければ俺が魔王を倒しにいったと昔言っていた）

「ビズリー。よさないか。何を怒ってる？」

「やはり納得がいきません！」

ビズリーが俺を指さす。

「この卑怯者の力なんて借りずとも！　おれは魔王を倒してみせます！」

「しかし、おまえだけでは四天王すら倒せなかったんだぞ？」

「違います！　本当は倒せていました！　それをこいつが邪魔したんです！」

……俺も、そしてエリィも、言葉を失っていた。

「この卑怯者は手柄を横取りしただけだ！　英雄王！　おれの方がこいつより強いんです！

今、その証拠をおみせいたします！」

ビズリーは立ち上がると、聖剣を手にして、俺に突きつける。

「おい卑怯者！　正々堂々……ここで勝負しやがれ！」

「ビズリー。やめないか」

「こいつは魔王が人々を苦しめ、勇者たちが一生懸命魔王軍と戦っているのにもかかわらず！

ひとり森の中で何もせずウダウダしてた臆病者の卑怯者です！」

憎しみを込めて、ビズリーが言う。

「そんな愚鈍な輩に、勇者が力で劣るわけがねえんだ！」

「……いい加減に」

「……いえ、陛下。いいです。俺が愚鈍なのは、本当のことですから」

「おまえなんていなくとも、魔王を倒せることを……ここで証明してやる！」

彼が言うことをまったく聞いていなかったので、あきらめたのだろう。

「ヒカゲ。すまない。ビズリーに現実を教えてやってくれ」

「……陛下」

「俺は【目】がいいんだ。おまえがとんでもなく強くなっていることはわかっている。けれど……たのむ。ビズリーはこうしないと現実を理解してくれないんだ」

国王に、こくりとうなずく。

かくして俺は、国王の前でビズリーと戦うことになった。

☆

ビズリーたちとともに、俺は社の外へと出る。

「正々堂々とだからな！　いつもの影呪法は使うの禁止だ！　いいな⁉」

「……わかった。ヴァイパー、木の枝を取ってきてくれ」

俺は大賢者に命令する。

すると影鴉が上空へとやってきて、俺に枝を落としていった。

「なんだそれは？」

「……勇者をケガさせるわけには、いかないからな」

「どこまでも人を馬鹿にしやがって！　その腐った根性、たたきのめしてやろう！」

ビズリーが勝ち誇った顔を、国王陛下に向ける。

「英雄王！　見ていてください！　おれが一番、あなたのお役に立てることを！」

国王は厳しい表情で、黙って俺たちを見つめている。

向かい合う俺たちの間にて、宣言する。

「相手が気を失うか、参ったといったら終わりだ。いいな？」

俺とビズリーがうなずく。

……本当にそれでいいのだろうか？

「ヒカゲ。わかってるな。全力を見せてやれ」

「……委細承知（いさいしょうち）」

俺は木の枝を構える。

「では……はじめ！」

「死ねぇこの卑怯者がぁあああああ！」

勇者が上段から思い切り、俺の脳天めがけて振り下ろす。

キンッ！

「…………………え？」

ビズリーが呆然（ぼうぜん）と呟（つぶや）く。

剣は宙を舞い、そして地面に落ちる。

「い、今のは……？」

「……見えなかったのか？」

「は、はぁ⁉　見えたし‼　全然見えたし！」

額に汗をかきながら、ビズリーが動揺しまくって言う。

「英雄王、今ヒカゲさんはいったいなにをしたんでしょうか？」

エリィが隣に立つ、国王に尋ねる。

「超スピードで、ビズリーの聖剣を払っただけだ」

さすが英雄王、いい【目】をしている。

一方、ビズリーは何が起きていたのかわかっていない様子。

だがすぐに正気に戻ると、国王に言い訳をする。

「い、今のは剣がすっぽぬけただけです！　え、英雄王！　だから勘違いなさらず！　それに動きもちゃんと目で追えていました！」

落ちている聖剣を拾うのを、俺は待った。

「くそ……！　今度こそ！　死にさらせぇえええええ！」

がむしゃらに、聖剣を何度も振るってくる。

俺はその攻撃をすべて、木の枝で払い、軌道をそらす。

「くそっ！　どうして当たらないんだ！　【剣術・最上級】スキルがあるんだぞ⁉」

連撃をやめ、ビズリーが肩で息をしながら言う。

「それはな、ヒカゲがおまえのスキルを上回るほど強いからだ」

国王は諭すように言う。

「おまえは確かに強い。だがその強さはスキルに頼りすぎている。修練が足りないんだ」

「〰〰〰〰ッ！」

自分の至らない部分を、尊敬する国王から指摘され、恥ずかしかったのだろう。

「くそっ、くそぉおおおおおお！」

俺はその攻撃をかわし、枝でビズリーの足を払う。

「ぎゃんっ……！」

ビズリーが転び、顔から地面に激突する。

「もう十分だ。ヒカゲの強さはわかっただろう？」

「おれは負けてない！　……殺す！　ヒカゲだけは……絶対に殺す！」

ビズリーは俺から距離を取り、上段に剣を構える。

そして……聖剣に、呪力をこめていた。

空気が鳴動するほどの、膨大な量の呪力が集中していく。

「それは対魔族用の最終殲滅奥義じゃない⁉　ヒカゲさんを殺す気なの⁉」

エリィが青い顔をして俺たちの前に躍り出ようとするが、国王がその肩に手を置いて止めた。

「大丈夫だ。ヒカゲに任せておけ」

勇者は呪力を最大限にまで、聖剣に装塡し終える。

「はっはぁあ！　死ねぇえええええええええ！」

ビズリーが剣を振り下ろすと、聖なる光の刃が、俺めがけて飛んでくる。

地面がえぐれ、衝撃で木が吹っ飛んでいる。

俺は影の刀を作り、呪力をこめ、その刃めがけて、振った。

光の刃は俺の刀とぶつかり、消滅したのだ。

「ば、ばかな……う、うそだぁ……」

光の刃が消滅したのを見て、ビズリーがへたり込む。

「うそだ……最終殲滅奥義が……ありえない……こんな展開は、ありえないぃいいいいい！」

ビズリーは聖剣を構えて立ち上がる。

……もう、これ以上は無意味だ。終わらせよう。

彼の前に移動し、刀を一閃させ、聖剣をたたき割った。

「ほ……？　へぇあ……せ、せいけんが……勇者の、あかしがぁ～……」

ビズリーが呆然とつぶやく。

「……ヴァイパー。壊れた聖剣を直したい。何か使えるものはあるか？」

「でしたら【超再生】が有用です。あれは自身だけじゃなく物体にも作用します」

ヴァイパーは俺の獲得したスキルを、すべて把握（はあく）している。

俺は先日、ソロモン72柱を倒して手に入れたスキルを使う。

「う、うそぉ……壊れた剣が、一瞬にして戻ったぁ～……」

勝負は決したので、英雄王がやってきた。

「ビズリー。もうわかっただろう？」

「え、えいゆうおー……」

彼が俺を見て言う。

「ヒカゲは強い。おまえよりも、確実に」

「う、うぅ～……うぅうう～！」

悔しそうに歯がみし、涙を流しながら、何度も何度も地面をたたく。

「認めるんだ。自分が弱いってことを認めることが、強くなる第一歩だ」

「うっ、うっ、うがあああああああ！」

ビズリーは俺たちの前から立ち去っていった。

「すみませんヒカゲさん、英雄王。彼を追います」

俺と国王だけが残された。

「ヒカゲ。本当に強くなったんだな。よくここまで鍛えたな。おまえほんとすごいよ」

「……ありがとう、ございます」

ジッ、と国王が俺と、手に持った刃を見やる。

「おまえの剣術、変わったな」

「……そうですか？　戦い方は以前と変わりませんけど」

「そういう意味じゃあない。おまえの刃には、思いが込められている」

「思い……？」

そんなもの込めて戦っているつもりは、ないのだが。

英雄王は微笑んで、俺の頭をなでる。

「前のお前は、人の役に立ちたいっていう使命感だけで刀を振るっていた。けど今のおまえは、そんな漠然としたものじゃなくて、明確な何かのために力を使っている」

ニッ、と彼が笑う。

「強くなったな。体も、心も」

「……そう、でしょうか」

「ああ。剣を見れば一発でわかるよ。好きな女の子でもできたんか？」

脳裏をよぎるのは、エステルの無邪気な笑みだ。

「お前を変えてくれた女性には、感謝しなきゃな」

そう言って、国王は俺のもとを去っていったのだった。

☆

暗殺者ヒカゲにボロ負けした後、勇者ビズリーは森の中をあてもなく歩いていた。

「ビズリー！」

「……なんだエリィか」

はぁ、とビズリーはため息をつく。

「ひとりで勝手に出ていって！　魔物に襲われたらどうするつもりだったの⁉」

「襲われるわけない。勇者なんだぞ？　どんな敵でも返り討ちにしてやるよ！」

自分はどんな魔物も、ひとりで倒せるだけの力を秘めているのだ。

「勇者だけで十分に強いんだ！　なのに、どうして英雄はおれの力を認めてくれないんだ！」

「…………」

あれだけの実力差を見せ付けられてもなお、理解しようとしないビズリー。

そんな姿に腹を立てたエリィは力いっぱい彼の頬を殴った。

「いってぇ～！　な、なにすんだよ⁉」

「……英雄王はあなたの力を、別に認めてないわけじゃないわ」

「じゃあどうしてあの卑怯者を頼ろうとするんだよ⁉」

敬愛する英雄王が、もし本当にビズリーを認めているのなら、ヒカゲの元へ助力を求めてここへは来なかっただろう。

「英雄王はあなたの身の安全を思って、ヒカゲさんを連れ戻しに来たのよ？」

「はぁ⁉　意味わかんねえよ！」

ビズリーは声を荒らげる。

「ヒカゲなんていらないんだ！　おれは強いんだ！」

「……じゃあどうしてヒカゲさんと真正面からぶつかって、負けたの？」

「そ、それは……きっと！　ずるしたんだ！　そうだ！　あの式神が付与魔法とか使ってヒカゲに力を貸してたんだ！」

そうでなければ人類最強の勇者が、タイマンで負けるわけがない。

「あの野郎！　正々堂々の勝負をしてたのに！」

「……ビズリー。あなたって人は、どこまで愚かなのッ！」

エリィが声を震わせ、手を振り上げた……そのときだ。

ずどぉぉおんと地が割れるような音が響き渡った。

「な、なんだぁ⁉」

「！　空から何かが……魔族⁉」

ビズリーは落下地点を見やる。

仰ぎ見るほどの大きさの、黒い亀。大木のような足で仁王立ちをしていた。

そしてこちらをギロ……っとにらむ。

『ふぉっふぉ。わしは魔王四天王がひとり。結界王ドラシルド。ここで勇者に出会うとはなんたる幸運。魔王様の安寧を乱す害虫を、わしが駆除してあげようぞ』

「し、四天王……だと⁉」

強敵の登場に、ビズリーは体をこわばらせる。

先日別の魔王四天王にコテンパンにされた記憶がよみがえる。

「まずいわビズリー！　早く撤退を！」

「はぁ⁉　するわけないだろ！　お、おれは勇者だぞ！」

ビズリーは腰の聖剣を抜き、ドラシルドに向ける。

「そっちこそ人間たちの平和を乱す害虫だろうが！　この勇者が相手してやる！」

『この結界王を知らぬとは、ちと勉強不足みたいじゃのぅ』

ドラシルドは、手足、そして頭を、甲羅の中に引っ込める。

手足の穴から、黒い煙を放出した。

「ゲホッ……！　ゲホッ！　え、煙幕か⁉　おのれ卑怯者！」

「違うわ！　これはドラシルドの【暗幕結界】よ⁉」

周囲が瞬く間に、黒い煙で包まれる。

「い、いったん引く……」

踵を返して走り出すも、額に衝撃が走り、彼はしゃがみこんだ。

「な、なんだ……？　壁か⁉」

手で触れると、まるで壁がそこにあるような感覚がした。

「あいつは結界に敵をとじこめて、じわじわいたぶるの！」

エリィが光魔法を使い、周囲を照らす。

「クソッ……！　なんて卑怯なわざを……どうしておれの周りのやつらは、正々堂々戦えないクズばかりなんだ⁉」

「落ち着いて。今はこちらが不利な状況。ここは回避に徹しましょう。時間を稼げば稼ぐほど、こっちが有利になるわ」

「はぁ⁉　なんでだよ⁉」

「ヒカゲさんが影探知で、魔王四天王の魔力をたどってここへ応援に来るわ」

ビズリーは首を振る。

「冗談じゃない！」

聖剣に魔力を込めると、剣が聖なる光を発する。

「おれがこいつを倒す！　おまえは下がってろ！」

「バカなこと言わないで！　死にたいの⁉　相手は、魔王四天王なのよ⁉」

「うるさい！　おれは強いんだ！　あの卑怯者より、ずっとずっと！」

ここでドラシルドを単独で撃破すれば、自分もヒカゲと同等。

「英雄王に汚名を返上できる！　おい亀！　貴様の首を討ちとってくれる！」

『ほっほっ。勇ましいなぁ……じゃが、勇気だけで果たしてわしが倒せるかな？』

ビズリーは聖剣を持ったまま、ドラシルドに特攻をかける。

「だぁああああああああああ！」

『ほっほっ。なんとお粗末な剣技よ』

ドラシルドはにやりと笑うと、フッ……と消えた。

「な、なぁ⁉　き、消えた⁉　がぁああああ！」

背後から強めの一撃を食らい、ビズリーは地面に倒れる。

「ビズリー‼」

「来るな‼　おれが……おれがやるんだ！」

再び聖剣を構えて立ち上がるが、またも見えないところから、攻撃を食らう。

「し、しまった……！　せ、聖剣がッ！」

あやまって聖剣を手放してしまったのだ。

聖なる光が闇に消え、あたりが真っ暗になる。

「どこだ……がぁッ！」

完全な暗闇の中、ビズリーは四方八方から、強烈な一撃を食らい続ける。

『ふぉっふぉ。敵が見えぬ状態で、一方的になぶられるのは、怖いだろう？』

「ぢ、ぢぐしょ～……」

「ビズリー！」

そのときエリィが駆け寄ってきて、ビズリーを抱き起こす。

杖先（つえさき）から発する光魔法で、辺りを照らしている。

「大丈夫⁉　今ケガを治すわ！」

「余計なこと……すんなって！」

「仲間割れしている暇は……きゃぁあああああああああ！！」

エリィが突如として、闇の中に消えたのだ。

『ふぉっふぉ。なんともうまそうなお嬢さんだ。後でデザートとしていただくとしよう』

「くそっ！」

『おっと勇者よ。動くでないぞぉ？』

闇からドラシルドが出てくる。宙吊りになったエリィの足が握られていた。

『動いたらこの女の命はないぞぉ～？』

見せつけるようにして、勇者にずいっと手を伸ばす。

「クソッ！　この卑怯者めッ！」

このままでは……ドラシルドからなぶり殺しにされてしまう。

「ビズリー！　私のことはかまわないで！」

「……そう、だな。わかった！」

「……は？」『ほ？』

ビズリーは、落ちているエリィの杖を、ドラシルドめがけて投げつける。

ドラシルドはそれを軽く手で払う。

『何をしてるんじゃおぬし？』

「目くらましだっ！」

ビズリーは素早く動き、落ちている聖剣を拾い上げ、飛び上がった。

「しねぇえええええええ！」

ドラシルドの脳天めがけて、聖剣を振り下ろす。

『まこと、おろかじゃのう』

しゅっ、と頭と手足を、甲羅の中に引っ込める。

聖剣が甲羅にぶつかり弾かれると、闇の中へと飛んでいった。

「クソッ！　おいエリィ！　おまえのせいだぞ！　もっとドラシルドの注意をひきつけてないから、攻撃が通らなかったじゃないか！」

『ふぉっふぉっふぉ。なかなか良い性格をしているなぁ勇者よぉ』

ドラシルドがまた闇に消える。

「人質をとっても無駄だぞ！　そいつは魔王討伐軍のひとりだ！　死ぬことはいつだって覚悟してる！　人質としての価値はないぞ！」

『そうか。つまらんな。じゃあ、死ぬがよい』

「かかってこい！　おれがひとりでも倒して……」

と、そのときである。

突如何か巨大なものが、自分にのしかかってきたのだ。

「ぎゃあぁあああああああああ！」

とてつもない重量に押しつぶされ理解する。

上空に飛んだドラシルドが落下してきたのだ。

「いだい……いだいよぉ……」

今の強烈な一撃で、体に深刻なレベルのダメージを負った。

『存外頑丈じゃなぁ。さすが勇者、頑丈にできておる……くくく、楽しませてくれるな』

「ま、まさか……」

フッ……！　とまたドラシルドが消え、また落下攻撃をしてくる。

「ぐぎゃぁあああああああ‼」

『さて頑丈なおもちゃは、あと何度押しつぶせば、死んでくれるかな？』

楽しむように何度もその巨大な甲羅をビズリーに打ちつけ続けた。

……どれくらいの時間が経ったろうか。

ビズリーは、すでに虫の息だった。

「た、たすけてぇ、英雄おぉ〜……」

ぼろぞうきんのようになったビズリーが、顔中を涙と鼻水でぬらす。

『とどめといこうか、死ぬがよい！』

そのときだ。

シュォオオオ……！

暗幕の結界が、消えていくではないか。

「……大丈夫か？」

「ひ、ヒカゲぇええええええ⁉」

現れたのは黒髪の少年、暗殺者のヒカゲだった。

☆

暗殺者ヒカゲの登場に、ドラシルドは動揺(どうよう)する。

『お、おぬしどうやって、わが暗幕結界を解いたんだっ⁉』

ヒカゲは刀を手に立っていた。

「ご主人様。結界の解除に少々手こずりました」

となりに、あのダークエルフの女が立っている。

『ばかな⁉　な、なぜヴァイパー様がここにいいいいい⁉』

仰天するドラシルドを、冷ややかな目でヴァイパーが見やる。

「わたくしは一度死にました。そして今はご主人様の忠実なるシモベ」

『魔王軍最強の魔術師であるヴァイパー様を、そこの男が従えた⁉　な、なんということだ……バケモノか貴様⁉』

焦るドラシルドを横目に、賢者は告げる。

「ご主人様。結界の解除はすみました」

「……ご苦労。後は俺がやる。そっちは頼む」

「かしこまりました……」

すっ……と頭を下げると、ヴァイパーはヒカゲの影の中に消えた。

『近づくなよ小僧！　わ、わしの体内には、エリィという小娘がいるんだぞ⁉』

ぴた……っとヒカゲが動きを止める。

『まだこいつは丸呑みした状態で生きてる……ちょっとでも動いてみろ⁉　すぐに殺す！　殺すぞ！　いいのか⁉』

「…………」

ヒカゲは敵を前に動かない。

「お、おいヒカゲ！　なにやってるんだ！　さっさと倒せよノロマ！」

ビズリーから罵声を浴びせられても、彼はうつむいたままだ。

「……できない」

「なぜ⁉」

「……エリィが、仲間が死ぬからだ」

「そ、そんなやつ見捨てていいだろ⁉　敵を倒すのが最優先だろ⁉」

「……違う。敵を倒しても、仲間が死んだら意味がない」

ヒカゲは両手を挙げる。

『ひゃっひゃあああ！　それでいいんだよぉおおお！』

ドラシルドは体を甲羅の中にひっこめて、高速スピン攻撃を放ってくる。

「…………」

ヒカゲは冷静に、手印を組んだ。

ずぉおおお…………！　と、ヒカゲの周りに、無数の影の触手が現れる。

触手はドラシルドの甲羅を正面からキャッチ。

『ば、ばかな⁉　わ、わしは魔王軍随一の重量を誇るんだぞ⁉　それを受け止めるなど……ありえない‼　バケモノか貴様は⁉』

「……うるさい」

ヒカゲは刀を構え魔力を込めると……そのままドラシルドめがけて、縦に刀を振るった。

ドラシルドを、甲羅ごと真っ二つにしたのだ。

「……う、うそ、だろぉ〜」

ビズリーは唖然とした表情で、ヒカゲを見やる。

『なるほど……四天王を倒し、ヴァイパー様を従えるだけは……ある。恐ろしい、強さだ』

瀕死の状態で、ドラシルドが声を震わせて言う。

『し、しかしおぬしといい勇者といい……、仲間を大事にしない外道だな。わしとともに、仲間を切るとは』

「そ、そうだっ！　な、仲間を犠牲にして勝利なんて、意味がないぞ！」

ヴァイパーはビズリーにさげすんだ目を向ける。

「至高なる御方と、そこの外道とを一緒にしないでくださいまし」

「え、エリィ！」

影から出てきたヴァイパーが、エリィをお姫様抱っこしていたのだ。

「かわいい寝顔だこと♡　食べちゃいたいわぁ……♡」

「……おまえ、エリィは女だぞ？」

「それがなにか問題でも？」

「……もう良い。よくやった。ご褒美はあとでな」

「ありがたき幸せぇぇぇぇぇぇぇぇぇぇぇぇぇぇぇぇぇぇい！」

ひゃっはー！　とヴァイパーが狂喜乱舞する。

「ば、ばかなぁ……！　な、なぜエリィが無事なんだ！」

訳がわからなくて、ビズリーが情けない声を上げる。

『なるほど……あなたでしたか。わしの体内に感じた異物の正体は』

ドラシルドがヴァイパーを見て言う。

「ええ。ご主人様の作戦ですわ。影蝿をご主人様が作り、それをわたくしが並列思考で意識をリンクさせ動かし、ドラシルドの体内へ。あとはそこへご主人さまがわたくしを影転移させ、この子を回収しまた転移したと」

『勇者との無駄な会話も、そのための時間稼ぎであったか。あっぱれであった』

影喰いを発動させ、ドラシルドの死体を影の沼に沈める。

「ヒカゲ！　ビズリー！　無事だったか⁉」

その時、森の奥から、英雄王が駆け足でやってきていた。

英雄王はビズリーたちを見て、心からの安堵の吐息をついた。

「影転移はすごいな。あの距離を一瞬か」

「あ……ああ……」

きっとこの後、英雄王はヒカゲに何があったかを聞くだろう。

この卑怯者は、あったことを、ありのまま報告するに決まっている。

自分が負けたこと、自分がエリィを犠牲にしようとしたことも、バレてしまう。

「……魔王四天王とビズリー・エリィが邂逅。影エルフの報告を得て俺が転移で急行。結界を解いて、ドラシルドを倒しました」

ビズリーのさらした無様な姿を、彼は伏せたのである。

「……エリィは寝てるだけです。ビズリーは重体なので……ヴァイパー。回復を」

ヒカゲはビズリーに右手を向ける。

彼の手が緑に光ると、ビズリーの体が、完全に回復したではないか。

「お、おまえ……治癒が使えるのか⁉」

「……まあ。もっとも、この式神の力だがな」

ビズリーは……すさまじい敗北感を感じた。

「ヒカゲ、ありがとう。ふたりを守ってくれて。やはりおまえがいないとダメだな」

英雄王が、ヒカゲに笑いかける。

……それを見て、ビズリーの中で、何かがプッツリと切れた。

「ビズリー？」

「うっ……うぐっ……うがあああああ‼」

立ち上がると、三人を背にして、駆け足でその場から逃げる。

「まて、どこへ行く！」

「あぁあああああああああ‼」

英雄王が自分を呼び止めるが、その声を振り切って走る。

……恥ずかしかった。悔しかった。

勇者として、ヒカゲにすべてにおいて負けたことが……。

尊敬する人が、ヒカゲに感謝しまくっていたことが……悔しかった。

「畜生畜生ちくしょおおおおお！」

……こんな無様をさらして、英雄王に、顔を合わせられなかった。

「おれがっ！　勇者なんだぞおおおおお！　見てろおれが証明してやるぅうう‼」

……ビズリーは魔王の元へと走る。

たったひとりで勝てるわけもないのに。

四章　暗殺者、つかの間の平穏を楽しむ

ある日の夕食後。いつもの神社にて。

食後のお茶を飲んでいると、エステルが俺のとなりに座って言う。

「ひかげくん……肌つやつやだね」

ミファがすす、っと俺の反対側へとやってくる。

「た、たしかに……です。とてもきれいです。それに……石鹸のいい匂いです」

すんすん、とミファが小さな鼻をひくひくさせる。

「……仕事の後に、近くの温泉に入ってきたんだよ」

「温泉？　ひかげくんあんな遠いところまで行ってるの？」

「……遠い？　近いだろ」

「「え？」」

きょとん、とミファとエステルが目を丸くする。

「近くは……ないです。ここから半日以上、歩いていったところに温泉はありますけど」

「……いや、この神社の近くに露天風呂あるから……って、どうした？」

その場にいた女性陣全員が、くわっ！　と目を見開く。

「ひ、ヒカゲ様！　ほ、ほんとうですかっ？　そんなに近くにお風呂があるのですかっ！」

物静かなミファが、血走った目で俺に詰め寄る。

「ひかげくん、お姉ちゃんたちも……その温泉使わせてくれないかなっ？」

ものすごい形相で、エステルが俺の肩をつかむ。

「……ど、どうぞ」

「「やったー！」」

ミファとエステルが、笑顔で両手を合わせる。

そこまで喜ぶことか。まあ女の人って風呂好きだけど。

「……温泉は社の裏にあるからご勝手に。俺は寝る」

その場を離れようとすると、ガシっと腕をつかまれた。

「ひかげくんも一緒にお風呂入りましょう？」

「はぁ⁉」

ちょ、何を言ってるんだ⁉

「お風呂の場所わからないからほら」

「一本道だ！　迷う余地もない！」

「あら、なぁにひかげくん。もしかしてお姉ちゃんとお風呂入るの恥ずかしいの～？」

くすくす、とエステルが小悪魔のように笑う。

くそっ！　俺が動揺している姿を見て、楽しんでいるな！

「ヴァイパーに案内させよう。いけ俺のサーバント！」

「わたくしは世継ぎの顔が早くみとうございます。今回はお力添えできません」

何を言ってるんだこの変態エルフは⁉

「さくっと行こうかっ」

ガシッ！

「ヒカゲ様。案内……よろしくおねがいします」

ガシッ！

え、これ本当に一緒に行く流れなの？

☆

神社の裏手には川へと続く道があって、途中に、少し開けたスペースがある。

奈落の森（アビス・ウッド）の近くに活火山があるからだろうか、そこには天然の温泉が湧いていた。

俺は神社にやってきて、この温泉に気付いた。

あとは使いやすいよう、整地したり、邪魔な木を切って景観をよくしたりしたのだ。

「「すっご〰〰〰〰〰〰い♡」」

女性陣が、露天風呂を見て、キラキラと目を輝かせる。

ちなみにふたりは、体にタオルを巻いている。

「すごいよひかげくん！　お風呂があるよっ！　村からこんな近い場所にっ！」

一番近い風呂は、女性の足で半日歩いた場所にあるらしく、気軽に行けないそうだ。

だから普段は近くの川で沐浴(もくよく)だけするのだそうだ。

「おふろっ！　すごいっ！　ヒカゲさま……すごいですっ！」

ミファがエルフ耳をピコピコさせて言う。

「よし！　風呂入るわよ！　ミファ！」

「はいっ！」

だーっ！　とミファとエステルが湯船へ走っていく。

「ほらほら、ひかげくんも早くっ！」

エステルが湯船から出てきて、俺の腕を引っ張る。

そのまま湯船へとダイブした。

「え、エステルおまえな……」

「さ、一緒に楽しみましょう♡」

まあ、こうなってしまっては、しょうがない。

あきらめた俺は影呪法を解いて、服を解除する。

「ひーかげくん♡」

エステルがニコニコーっと笑いながら、俺の隣に座る。

「おまえ!?　タオルどうしたんだよ!?」

「湯船にタオルはつけてはいけない。これ、常識ね」

エステルは、相当な大きさの乳房を持っていた。

張りがあり、上を向いていた……いやなんの話だ！

「きゃっ♡　ひかげくんがエッチな目で見てくるわ♡　おしりも見ちゃう？」

「ケツを見せるな！」

俺は目をそらし、その先にミファがいた。

真面目（まじめ）な顔をして……自分のおっぱいを手で摑（つか）んで、持ち上げていた。

「……なにしてんだよおまえ？」

「日頃からわたしを守るために尽力なさってくださっているので……せめて、お返しに！」

お返しってなんだっ？

「どうぞお好きになさってくださいまし……」

ミファもエステルほどではないが、普通に胸はある。

血管が透けて見えるほどの、白い肌。

腰は驚くほど細く、手足は折れそうなほどだ。

全体的に儚（はかな）げな印象だが、女性らしいカーブにどきりとする。

「ひかげくん、するときは言ってね。あっちにいってるから」

「なんの話してるんだよあんたっ⁉」

「ヒカゲ様。どうぞご賞味くださいまし……」

「おまえちょっと黙ってろ……！」

ふたりとぎゃーぎゃー騒いだあと、湯船から出て、髪の毛を洗っていた。

「お痒いところ、ございませんか～♡」

「……ねえよ」

なぜか知らないが、俺はエステルに髪を洗ってもらっていた。

「何かご要望は？　えっちぃのでも要相談」

「……ねえよ！」

「冗談冗談♡」

しばしシャコシャコ、と泡立つ音がする。

「迷惑、だったかな？」

ぽつり、とエステルがつぶやく。

「ちょっと強引すぎたよね。ごめんね。別に悪気があったわけじゃないの」

「……じゃあ、なんで一緒に風呂に？」

「少しでも、ひかげくんが元気になってほしいなって思ってさ。ほら、ずっとあなたに負担をかけてばかりでしょう？」

「……別に、負担になんて感じてないよ。好きでやってることだし」

「……そっか」

エステルが、湯船から桶でお湯をすくってきて、俺の頭にかける。

きゅっ、と彼女が後ろから抱きしめてきた。

どきりと心臓が跳ねる。

肌に吸い付くような女の子の柔肌と、甘いシャンプーの匂い。

「ひかげくん優しいからさ。私の頼みだからって、断れないのかなって……」

俺に村を守ることを、無理強いさせてるのではないか、と思ったのか。

「……そんなことないよ。言ったろ、もともとやりたいことなんて何もない。腐っていくだけの俺に、おまえが役割を与えてくれた。感謝こそすれ、恨んでなんかいないさ」

エスエルはしばらく、俺の話をじっと聞いていた。

「そっか……うん、良かった」

ぎゅっ、と彼女がまた強く抱きしめる。

そうしていると、不思議と心が落ち着いた。

「でもね。だとしても、たまにでいいから、一緒にお風呂に入りましょう?」

「いや……いいって」

「だーめ。これはお姉ちゃん命令です。一緒にお風呂に入ること」

少しでも、俺に元気になってもらいたいから、と言っていた。

俺の体を気遣ってくれているのだ。

「わかった……たまにな」

「じゃあさっそく明日ね♡」

「はええよ。たまにって言っただろ！」

「裸のお付き合いは必要よ。ねえミファもそう思うでしょうっ？」

「は、はい！　必要！　一緒にお風呂必要です！」

「はい決定！　お風呂入らないとペナルティよ！」

……と、そんなふうに、ぎゃあぎゃあ騒ぎながら、風呂に入った。

異様に疲れるバスタイムだったけど、元気が出た。

こういうのも悪くないなと、そう思ったのだった。

☆

その後は魔物退治しつつも、比較的穏やかな日々がつづいた。

ソロモンの悪魔たちがやってはくるものの、ヴァイパーとの連携で迅速に排除できる。

悪魔の討伐を終えて、俺は一息つく。

「……ヴァイパー。さっきの戦闘の結果をまとめてくれ」

「三体の魔族を式神（サーヴァント）に加え、アガレスからは【地割り】ウァサゴからは【未来視】、アモンからは【煉獄炎】をコピーしました」

ヴァイパーは変態だが役に立つ女だ。

こうして手に入れた力の整理までしてくれる。

「ソロモン72柱は今のところほかに見当たりません。帰還しても良いと判断します」

「……了解。おつかれさん。褒美は後でな豚女」

「んほぉおおおお♡　まちきれないにょぉおおおお♡」

変態を無視して、俺は影転移で神社へと戻る。

「ヒカゲ様っ」

てててっ、とミファが、俺の元へ駆け寄ってくる。

「お疲れ様でしたっ。どうぞっ」

ミファが笑顔で、俺にタオルを手渡してくれる。

神社の入り口前に座り、一息つく。

「あの……ヒカゲ様」

すすっ、とミファが近づく。

「ど、どうぞっ、です」

ミファが顔を赤くして、自分の太ももをポンポンたたく。

「……え、なに？」

「そのあの……膝枕、です。お疲れかと、思ってて」

耳の先まで真っ赤にして、ミファが言う。

「えいやーっ」

ミファが俺の腕を引く。柔らかな太ももに、頭が乗る。

呼吸するたび、花のような良い匂(にお)いが鼻孔(びこう)をつく。

「って、だめだ！」

俺は慌てて起き上がろうとするが、ミファが上体を倒して覆(おお)いかぶさってくる。

「いけません！　ヒカゲ様、まだお疲れでしょうし」

「……い、いや疲れてないって大丈夫だって」

いかん、こんなところを誰かに見られたら困る……！

「何を焦っておられるのですか？」

「いや、こんなところをエステルに見られたら……」

と、そのときだった。

「ひかげくん？　帰ってるのー？」

社(やしろ)の中から、エステルが出てきた。

「「あ……」」

視線がバッチリとあってしまった。

「え、エステル。誤解するな。これはだな……」

「あー！　うんうん！　なるほど、そういうことね！」

汗をかきながら、エステルは視線を泳がせる。

「わかってるわ、お姉ちゃん、わかってるもの」

「いや、エステル。聞いてくれ」

「私なんかより……ミファの方がわかくてきれいだもんね。こんなおばさんじゃ……」

「それは誤解だ！」

俺はミファを押しのけて、立ち上がる。

「エステルはめちゃくちゃ美人だよ！　卑下するな！」

自分でも、思った以上に大きな声が出た。

「ひ、ひかげくん……？」

エステルが、困惑しながら首をかしげる。

「ご、ごめん……つい。けどおまえきれいなんだから、もっと自信持てよ」

「う、うん……ありがとう」

しばし気まずい雰囲気が流れる。

「だめ――――――――！」

俺たちの間に、ミファが割って入る。

「わわっ、どうしたのミファ？」

「姉さま！　わたし……やっと理解しました。後ろにいてはいけないと。敵は、すぐ目の前にいるのだと！」

「……なんの話をしてるのだ、おまえ？」

くるん、とミファが俺の方を向く。

「し、しちゅれいしまちゅっ！」

がちがちに緊張しながら、ミファが俺に、抱き着いてきた。

「……へ？」

「なっ!?」

むぎゅーっと、ミファが俺に抱き着いてくる。

「何してるんだよおまえっ！」

「わたし、ヒカゲ様をお慕いしてます！　好きなのです！」

はっきりと、彼女が言う。

「大好きなヒカゲ様を渡したくありません！」

「渡すって……なんのことだよ？」

ミファが、困惑するエステルを見やる。

「姉さま！　あなたはどう思ってるのですかっ？」

「え、ええっ？」

目を丸くしたエステルは、もにょもにょと口ごもる。

「私は……別に。ひかげくんは、弟だし。ミファは、妹だし……」

「そういうことを聞いてるのではありません！　このままわたしに取られていいのですかということです！」

よくわからない会話が繰り広げられている。

「姉さま、素直になって」

「だ、だってひかげくんは、大事な弟……」

「本心からそう思ってるのですかっ？」

「そ、それは……」

なんだかわからんが、ケンカしているようだった。

「……やめろって、仲良くしようぜ」

ミファはプルプルと首を振る。

「ケンカしているのではありません。むしろ仲良しです。だからこそ、わたしは姉さまの態度がゆるせないんです」

「どういうこと……？」

「ヒカゲ様、女同士の大切な話をしますゆえ、これにて失礼します！」

ミファは呆然とするエステルの手を引いて、村へ向かって歩いていく。

「なんなの……？」

「僭越ながら、ご主人様はもう少し、乙女心を理解した方がよいかと思われます」

☆

その頃勇者は奈落の森を抜け、魔王の統治する【魔族国】へと、単身やってきていた。

ビズリーには高速移動という、常人では考えられない速度で移動できるスキルがある。

このスキルを使い、魔王の膝元までやってきたのだ。

そして夜。

魔王城近くの、森の中で、野営をしていた。

「いよいよ明日、魔王城に到着する。そこで魔王を倒して英雄王に認めてもらう」

たき火を囲みながら、ビズリーが暗く微笑む。

すでに彼の頭には、魔王を倒した後のことしか考えていなかった。

「単独で倒せば……きっと英雄王は、おれを認めてくれる。あんな卑怯者よりも……」

ほの暗い笑みを浮かべるビズリー。

「おれは最強の勇者なんだぞ？　魔王なんかに絶対に負けるわけがない！」

自信たっぷりにビズリーが言う。

腰に佩いた剣を抜いて、うっとりとした笑みを浮かべる。

「そうさ、おれには【退魔の聖剣】があるんだ。魔王なんて、楽勝だ！」

聖剣は対魔族用の兵器であり、人間には作用しない。

……だからヒカゲに負けたのだと自分に言い聞かせる。

「見ていてください英雄王！　魔王を倒した勇者があなたのもとへ凱旋しますから！」

……ビズリーが調子に乗っていられたのは、ここまでだった。

『ん？　なんだ……？　人か……？』

ビズリーが野営をしていると、森の奥から、誰かが歩いてくるではないか。

長い黒髪、体つきはがっしりしている。

剣士なのか、腰には一本の刀を携えていた。

服装は麻布の【キモノ】を着ている。

黒髪の剣士は目を閉じ、だが躓くことなく、スムーズに歩く。

ビズリーは最初その剣士を、魔族たちに捕まった、人間の捕虜だと思った。

助けてやろうと、ビズリーは立ち上がった。

そして一歩、剣士に近づいた……そのときだ。

強烈な殺気を、剣士から感じたのだ。

剣を抜いていなければ、構えも取っていない。

だが相対した瞬間、強烈に【死】を感じた。

「ハァッ！　ハァッ！　ハァッ！　ハァッ！」

呼吸が荒く、体の震えがとまらない。

じょぼぼぼ……っとすでに、小便をもらし、そして大便すらも情けなくたれながしていた。

だが羞恥心を覚えていなかった。そんな暇はなかった。

目の前のバケモノが、怖くて仕方なかった。

こいつが【魔王】だと、ビズリーは直感した。

その額には、青く輝く一本の角が生えていた。

【魔王】がビズリーのそばまでやってくる。

尋常ならざる殺気を前に、ビズリーは立っていられない。

『……勇者、か？』

魔王はビズリーを見下ろし、ひとこと、そう言う。

「おげぇええええええええええええええ‼」

魔王が言葉を発しただけで、ビズリーは嘔吐した。

すでに立ち向かう勇気など微塵もなく、ただただ、体を震わせるばかりだ。

人間がまともにやって、かなう相手じゃないと痛感した。

「お願いします魔王様！」

バッ……！　とビズリーは、地面に膝と手を、そして頭をつきこう言った。

「おれを、魔王様の仲間にしてください！」

戦わずとも、この魔王が常人をはるかに凌駕した強者だとわかる。

まともに戦ったら……確実に死ぬ。

『……仲間、だと？』

魔王が平坦な調子で言う。

「そのとおりでございます魔王様！　勇者は、魔族側につきます！」

ビズリーは地面に額をつけたまま、必死になって言う。

「お、おれを仲間にすると、魔王様にとっていいことがありますよ！」

魔王が聞き返す前に、具体案を提示する。

「勇者の仲間の居所をぉ！　おれは知っていますぅ！　人類最強の勇者パーティ全員の居所、弱点など、詳細な情報をあなたさまに教えることができますぅ！」

『……それが、どうした？』

魔王がまた、感情を表さない調子で言う。

「やつらの弱い部分をつけば楽々と倒せるでしょぉお！　勇者パーティ以外の人間なんぞ雑魚ばかり！　あとは容易く人間たちを征服できるに違いありません！」

ビズリーは生き残る道を必死になって探してた。

今は無様な姿をさらしてやろう。

だが生きていれば、また何度だってやり直せる。

これは作戦なんだ。勇者一世一代の大博打。

自分が仲間になったと油断させ魔王を討つ。

そのために多少の犠牲（勇者パーティ）がでるのはしょうがない。

「…………」

魔王は無言で、ビズリーに近づいてくる。

『……貴様、名は？』

作戦が成功したのだと、彼は心の中で歓喜する。

「ビズリーでございます、魔王様！」

『……そうか』

魔王は静かに、腰の刀の柄に、手を置いた。

そして、手を離した。

「……え？　ぎっ、ぎゃぁあああああ！　う、腕がぁああ！」

いつの間にか、両腕が切断されていたのだ。

両足も、膝から下がいつの間にかなくなっている。

「痛いぃぃ！　痛いよぉおおおおおおおおおお！」

両腕両足を失ったビズリーが、まるで芋虫のように、醜くのたうち回る。

『……ビズリー。貴様はふたつ勘違いしている』

魔王は右足をあげると、勇者の背中を勢いよく踏みつけた。

「あえ？」

『……一つ目。そうやって卑屈な態度を取っていれば、私が気を許し、貴様を仲間に入れると勝手に思い込んでいること』

魔王がまた、刀の柄に手を置く。

片耳が切断され、片目が抉り取られた。

「あげぎゃぁああああああああああああ！！！」

ビズリーが叫ぶ。痛みでどうにかなりそうだった。

魔王はビズリーの髪を掴んで、耳元で言う。

『……貴様、勇者だろう。人類の希望のくせに、仲間を売るとは、どういうことだッ！』

魔王は純粋なる怒りの感情をぶつけてきた。

『……貴様のような、薄汚いクズを、【あのお方】の仲間に、するはずがないだろうが⁉』

勇者は魔王が、勇者の行いを非難してるのだとパニックになった。

魔王はビズリーの髪を放し、彼の顔を乱暴に蹴る。

『恥を知れ！　この……卑怯者がぁ！』

それはかつて、勇者が仲間の暗殺者に放った一言だ。

「……おれが、卑怯者……おれが？」

勇者の折れた心に、はっきりと、怒りの炎が宿っていた。

「ふざけんな……だれが……卑怯者だぁあああ⁉」

ビズリーは口で聖剣のグリップをかみ、魔王めがけて思い切り投げつけた。

「死にさらせ魔王ぉおおおおおおおお‼」

退魔の剣が、魔王めがけて高速で飛来する。

聖剣には魔王を殺す特別な加護が備わっているという。

当たれ！　……と願うビズリー。

一方で魔王は、また刀の柄に手を触れて、放した。

その瞬間、聖剣がまるで煙のように消えたのだ。

「はえ……？　はれぇえ～？」

奇術のように、聖剣が消失した。

いったいぜんたい、どういうことだ……？

『……ビズリー。貴様の、もうひとつの間違いを、正してやる』

目を閉じていた魔王が、ビズリーを見おろして言う。

『……私は、魔王ではない』

「…………………はえ？」

『……魔王様の側近。左腕。【剣鬼(けんき)】という』

魔王……否(いな)、剣鬼は静かな調子で言う。

「あひゃ、あひゃひゃひゃひゃひゃひゃひゃひゃひゃ！」

もう無理だ。勝てない。

人類は滅びる。

……こんなにも強く、圧倒的な敵が、魔王ではないのだ。

「終わりだあああ！　人類は滅亡しましたぁああああああ！」

『……五月蠅(うるさ)い』

「あぱ…………………」

勇者の体が消失していたのだ。

正確に言えば、首から下が跡形もなく消えているのだ。

「…………」

そのときだった。

『いやぁお見事お見事！　さすが魔王軍最強の剣士でございますッ！』
天空から、人間サイズほどある大きな鳥が降りてきたのだ。
体が炎になっており、常に燃えている。
『……ドランクス、か？』
『ええ！　魔王四天王が最後のひとり！　不死鳥のドランクスでございます！』
ドランクスは剣鬼の前で、人の姿へと変化する。
赤い髪をし、白衣に身を包んだ女性が立っていた。
『いやぁ実に見事！　剣鬼様の絶技はいつみてもほれぼれしますなぁ‼』
『……用件は、なんだ？』
『おっとそうでした』
ドランクスは居住まいを正す。
『魔王様からの伝言です。その勇者は消すなと』
ぴくっ、と剣鬼が眉間(みけん)にしわをつくる。
『……なぜ、だ？』
『このクズは利用価値があるからです。ここで死なせるのは実にもったいない！』
ドランクスはしゃがみ込んで、勇者の頭をツンツンとつつく。
『……そんな死体、どうする？』
『おや剣鬼様ともあろうお方が、仲間の能力をお忘れとは！』

剣鬼が顔を不快そうにゆがませ殺気を向ける。
しかしドランクスは笑顔のままだ。
『……なにを、する？』
『いやなに簡単でございます』
ドランクスは自分の手首を、シュッ……！　と切り裂いた。
『ワタクシは不死鳥でございまするよ！』
ドランクスは勇者の頭を持ち上げ、その口に、自分の流した血を流し込んだ。
突如、勇者の首から下が、生えたではないか。
「カハッ……！　はぁ……はぁ……こ、ここはぁ……？」
死んだはずの勇者が、息を吹き返したのだ。
『死者蘇生と、そしてたとえ肉片一つからでも再生できる術をそなえているのですよ』
ドランクスがニヤニヤと笑いながら言う。
剣鬼は踵を返すと、そのまま来た道を戻る。
『おや素直に命令に従うんですね。このクズがお嫌いじゃなかったのですか？』
『……魔王様の、命令だ』
『そうですかそうですか』
ドランクスは勇者に向かって微笑む。
『さてビズリーくん。悪いけど君にはひとつしか道は残されてないんだ』

「な、なんなんだよ……いったい何させるっていうんだよ⁉」

『いやね、君にはあの邪血の姫を取り返すという、重大な任務がまかされたわけだ』

「邪血……？」

『簡単に言えば、ヒカゲくんと戦ってもらう役を君に任せたいってことよ』

「ヒカゲと……戦う？」

　そうそう、ドランクスがうなずく。

『よかったねー、きみみたいな生きてる価値のないクズを、魔王様は再利用してくれるって言うんだ。いやぁお優しいかただようんうん』

「………」

　もう……わけがわからなかった。

『あー皆まで言うな。きみがヒカゲくんに勝てないことは重々承知しているよ。だ・か・ら～』

　にぃ……っとドランクスが笑う。

『君を改造しようと思うんだ♡』

「かい、ぞう？」

『そー！　ワタクシの別名はマッドサイエンティスト！　体をいじくるのだーいすきな科学者なわっけ～！』

　実に楽しそうに、ドランクスが言う。

『ワタクシね～。人体をいくら粉々にしても能力を使えば再生できるでしょ～。だから昔っから解剖(かいぼう)とか大好きでさ～♡　脳みそ開いていじくったり、体のパーツをきったりつけかえたりするのだぁいすきなわ・け～♡』

「い、やだ……やめろ！　やめろぉおおおおおおおお！」

ビズリーは逃げようとする。

「う、動かない⁉　なんで⁉」

『さぁなんででしょ～♡　ヒントはこっちら～♡』

いつの間にか、ドランクスの手には、注射器が握られていた。

『だーいじょうぶちょぉっと神経を麻痺(まひ)させる毒を注入しただけだから。あ、これくらいじゃあ死なないよ♡　ま、死んでも生き返らせてあげるからね♡』

「ひっ、ひゃ……や、やだぁあああああああ！」

逃げようとするビズリーだが、体がまったく動かない。

ドランクスは勇者の髪を乱暴に掴み、引きずりながら歩く。

『さー楽しい改造のお時間だ♡　なーにしよっかなぁ。まずは頭蓋骨(ずがいこつ)ひらいて脳みそいじらないとね！　理性のリミッターをカットして狂戦士(バーサーカー)にしよう。そして体のパーツも魔族のそれと入れ替えないと……くぅ～！　やることいっぱい！』

鼻歌を歌いながら、狂科学者(マッドサイエンティスト)がビズリーを連れていく。

行き先は魔王城。

『きみ雑魚(ざこ)だからさぁ、ワタクシがいっぱい改造しまくってあげる♡　あ、でも死ねないからね♡　死にたいって思っても死なせないから♡』

「やだぁあああああ！　た、たすけてくれぇえええええ！」

☆

半月ほどが経過したある日。

俺は神社の社の中で瞑想していた。

「ひかげくん、ご飯持ってきたわ、一緒に食べましょ～」

建物の中に、エステルが入ってくる。

影探知の精度があがったおかげで、影の領域内でのできごとはすべて把握できる。

「あ、お仕事中だったのね。ごめんね。準備だけしておくから」

いそいそと、エステルが食事の用意をする。

ふいに、彼女の肩が俺の肩とぶつかった。

「ひゃっ……！」

「うぉっ！」

俺たちは、バッ、と互いに距離を取る。

「ご、ごめんね……邪魔しちゃって」

「い、いや別に……」

エステルとふれた部分が熱い。

とても柔らかかった。すべすべしてて……ああくそ！　だめだ！

「も、もう、ひかげくんったら顔真っ赤だよ。ちょっと女子に免疫なさすぎじゃない？」

「……おまえ、人のこと言えるのかよ」

「も、もちろん！　お姉ちゃんもう経験バリバリ……わー！　うそうそ！　こんなにたくさんおしゃべりしたのは、ひかげくんが初めての男の子だよ！」

よくわからんフォローを入れてきたな。

「ひかげくんってば、結構顔に出るタイプなんだね」

エステルが顔を真っ赤にしながら、笑顔を浮かべて言う。

「……なんの話だ、なんの」

がらっ、と扉が開き、ミファが入ってくる。

「ヒカゲ様。冷たいお茶を入れてきました♡　一緒にご飯食べましょう！」

俺の逆側に座ると、ナチュラルに俺の腕をつかみ、胸にきゅーっと抱きしめる。

「なっ⁉　み、ミファ⁉」

「わたし、気付きました。ライバルたくさんです。だから、がんばると決めましたっ」

出会った当初と比べて、ミファは明るく積極的になったと思う。

「ふ、ふーん、そうなんだ……お、お姉ちゃん応援するよ！」

「姉さま！　無理よくないです！　素直になりましょう、自分の心に！」

むぎゅーっと、さらに強く、ミファが抱き着いてくる。

「素直に……素直……え、えいやー！」

エステルもまた、俺に抱き着いてきた⁉

「……あ、あの、えっとその……あ、暑くないのか？」

「お構いなく！」

「ぜんぜん、だいじょうぶ、です！」

遠回しに離れてくれって言ったんだけどな！

「ご主人様。敵が出現しました」

俺の影から影エルフのヴァイパーが出てくる。

「……そ、そうか！　よし出陣だな！」

この妙な状況から抜け出せるぞ。

しかしヴァイパーは、当然のように、俺の後ろに座り、むぎゅっとその巨乳を押しつけてきた。

「……おまえは何をしてるんだ！」

「ご主人様、お気になさらず」「そうだよ気にしちゃめっ、だよ！」「めっ、です」

なんでみんな笑顔なの⁉

きしょいとか思うんじゃないの⁉

「ひかげくん出動するなら、お姉ちゃんたちどいたほうがいいかな？」

ヴァイパーが機先を制する。

「大丈夫ですよエステル様。ご主人様はこの場から動きません」

「え？　どーゆーこと？」

「……仕留めるから、三人ともちょっと黙っててくれ」

俺の視界と、影式神の鴉の視界とを、リンクさせる。

大賢者には【五感共有】というスキルがある。

ヴァイパーを経由し、情報を俺にも反映させることができるのだ。

「ひかげくんは何してるの？」

エステルがヴァイパーに尋ねる。

……胸が当たるので、身じろがないでほしい。

「ご主人様が、これよりソロモン72柱の最後の一体を、遠隔で倒そうとしているのです」

ヴァイパーが背後で胸を張る。

生暖かく柔らかなそれが背中をなめるように動いて気持ちが良い……じゃねえ。

「しかし遠隔では火力が落ちるから、ソロモン72柱は直接倒さないといけないのでは？」

ミファがヴァイパーに尋ねる。

……だから胸を……はぁもういいや。

「ふふっ。ミファ。ご主人様は進化したのです。以前までとは違った姿をお見せしましょう」

そう言ってヴァイパーが、指をパチンッとならす。

「わっ！　目がくらくらする！」

「ヒカゲ様の視界と共有してくださったのですか？」

「さようでございます」

どうやら俺の見ている映像を、ミファたちも共有したようだ。

式神の影鴉が見下ろす先には、巨人の女がいた。

「ヴァイパー様。あれは？」

「あれはソロモン72柱が一体、【アスモデウス】でございます」

巨人女のまわりには、大量のモンスターたちがいる。

「敵は【色欲】というスキルを持っており、弱い魔物を操る能力を持っているのです」

「あんなたくさんで押し寄せてきたら、村が危ないよっ！」

俺は影喰いを発動させる。

弱い魔物が、いっせいに影の沼に沈んでいく。

「すごい！　あんなたくさんの魔物が、いっきに消えちゃった！」

「ご主人様の【影喰い】は、すでにS級以下なら瞬殺できるレベルにまで成長しているのです
……さすがです」

ふふふっ、とヴァイパーが得意げに語る。

「鳥とか撃ちもらしちゃっているよ！」

「……問題ない」

空に逃げられる敵がいても、俺は焦らない。

影の沼から、何百もの触手が勢いよく出る。

鳥よりも早く動き、空中の敵を捕捉し沼に沈める。

「すごい、です！　ヒカゲ様、あんなにたくさんいた敵が、もうアスモデウスだけです！」

「……さて。倒すか」

アスモデウスはまた【色欲】スキルを発動させる。

散らばっていたモンスターたちが、やつのもとへ集結しかけている。

「……させるか」

影鴉の口から、黒い煙が吐き出された。

先日ドラシルドからゲットした【暗幕結界】が雑魚を、球状の結界に閉じ込めた。

「すごいです！　式神からでも、ヒカゲ様の習得したスキルを使えるようになったのですねっ」

影呪法には、十の型が存在する。

織影。潜影。幻影。

影喰い。影式神。影真似。

影繰り。影転移。影探知。

……そして、【奥の手】をくわえた十の型が、火影に代々伝わる影呪法のわざだ。

だが俺は、ここに来て新しい型を、オリジナルの技を開発した。

暗幕結界と影呪法を組み合わせたことで……俺が作った、新しい影呪法。

十一番目の型。

「……【影領域結界】」

暗幕結界に呪力を流す。

すると結界内の敵が、闇の中に消えていった。

「な、なにが起きてるの……？」

「ヒカゲ様が影喰いを発動させたのでございます、エステル様」

「け、けど……影喰いは、地面にできた影の沼に沈める技、では？」

「あの技を使うと、結界内での【影喰い】の発動が可能となるのです！」

暗幕結界をヴァイパーに調べさせたところ、影の術と非常に親和性が高いことがわかった。

結界に閉じ込めたあと、結界内で影呪法を発動させられるのだ。

ようするに、捕縛と攻撃が同時に行えるようになったというわけだ。

「さて……じゃあ、終わらせるか」

新たな影鴉を生み出し、アスモデウスの上空に配備させる。

「……いけ」

無数の鴉の口から、暗幕結界の煙が吐き出される。

巨人女は結界の中に閉じ込められた。

俺はぎゅっ、と手を握るジェスチャーをする。

逃げようともがいていたアスモデウスだが、煙に捕食されていく。

煙はどんどんと小さくなっていき、やがて消えた。

これで敵は全員倒した。

「魔王四天王三体。ソロモン72柱全て。そして大量のA～S級モンスターを取り込みました。ご主人様、準備は万端かと」

「……魔王四天王ドランクスと、魔王の左腕がまだだが？」

「やつらは決して、こちらに来ません。ドランクスは狡猾なやつです。そして左腕の剣鬼は……魔王の懐刀。おなじく敵地に自分から踏み込むことはありません」

俺は式神とのリンクを切る。

「……つまり、ここにいても、これ以上の強化はできないと？」

「ええ。あとは……敵陣へ踏み込み、ドランクス、剣鬼、そして魔王を倒すのみかと」

……果たして、今の俺で魔王に勝てるだろうか？

強化はした。準備万端だが、確実に勝てる保証は、どこにもない。

「ひかげくん。だいじょうぶよ」

エステルがニコッと笑って、俺を正面からハグする。

「こっちのことは心配しないで」

「……けど。もし、だめだったら？」

するとエステルが抱擁を緩めて、ニコッと笑う。

「大丈夫！　ひかげくんは勝つ！　お姉ちゃん、そう信じてる！」

……信じてる、か。

誰かにこうして、信じてもらえることが、こんなに嬉しいとはな。

「……わかった」

俺はポケットから、通信用の魔石を取り出す。

これはエリィとの連絡用の通信マジックアイテムだ。

……前に国王たちが来たときに、渡されていたのだ。

「……エリィ。俺だ。ビズリーは……そうか。こっちは準備万端だ。いつでも出動できると陛下に伝えてくれ。出動時期はまかせる」

エリィは了承し、通信が切れる。

ミファが俺を見上げる。

「決心が、ついたのですか？」

「……ああ。おまえを困らせている張本人を、ちょっと殺してくる」

残りの兵を倒し、魔王を倒し、村に平和をもたらすのだ。

「……それは、ヒカゲ様。エステルに、鼓舞されたからですか？」

「……えっ？」

図星をつかれて、俺は素っ頓狂な声を出す。

「むぅ〰〰〰〰〰〰〰〰〰〰〰〰！」

ミファが頬をパンパンに膨らませる。

「ヒカゲ様！」

「……な、なに？　えっ？」

ミファが俺の両頬を、手で包む。

ぐいっ！　と自分のほうへひきよせる。

俺の唇と、ミファの唇が……重なった。

「……わ、わたしも応援してます！　ヒカゲ様が勝つって信じてますっ！」

ミファがきゅっと目を閉じて、顔を真っ赤にして言う。

え？　ええ？　き、キス⁉

「ひ、ひひひひひかげくん⁉　き、キス……」

「え、エステルこれは……その……すまん！」

俺はその場から……脱兎の如く逃げ出したのだ。

……とにかく、こうして俺の戦闘準備は整った。

いよいよ魔王城に乗り込み、魔王を……倒す。

☆

いよいよ明日、エリィたち勇者パーティとともに、魔王討伐へ向かう。

出発前夜の奈落の森の神社にて。

社の中には、数多くの若い女たちが集まっていた。

俺は上座に腰を下ろし……困惑していた。

「えー、それでは！　これより【ひかげくん頑張ってね】の宴会をはじめたいと思います。準備はオッケー？」

「「「オッケーオッケー！」」」

エステルの問いかけに、村の女たちが返事をする。

「乾杯の音頭は僭越ながら、わたくしエステルが務めさせていただきます」

エステルが右手にコップを持ち、こほん、と咳払いをする。

「ひかげくん」

「……なんだ？」

エステルは俺を見て、ニコッと笑って言う。

「頑張って！　負けないで！　応援してるよ！」

エステルの晴れやかな笑顔には、いっさいのおびえも不安もなかった。

心から俺の帰りを、無事を、信じてくれているような表情をしていた。

この人の笑顔のために、俺は絶対に「そうれかんぱーい！」「「「かんぱーい！」」」……浸らせてくれよ！

エステルの音頭を皮切りに、村人たちがグラスを付き合わせる。

「「「防人さま～～～～～～～～～～～～～～！」」」

ドドドッ……！　と村の女たちが、俺の元へ駆けつけてくる。

「防人さま最初はわたしと乾杯しましょう！」

「アタシがさきもり様と乾杯のちゅーするんだから！」

「乾杯のちゅーって何⁉　ちゅーはわたくしがするのですわ！」

「防人様にいってらっしゃいのチューをするのはボクだからね！」

ぎゃあぎゃあ、と騒ぎ立てる村人たち。

「待ちなさい皆の衆！」

ビシッ……！　とエステルが間に入ってくる。

「ひかげくん、おびえているよ。ＳＤＣの会則第二条を忘れたのっ？」

「「第二条！　防人さまを不愉快にさせてはいけない！」」

ここにいるのは【ＳＤＣ】のメンバーたちだけらしい。

「ひかげくんを怖がらせちゃあいけないよね？」

会員たちが確かに、とうなずく。

「そうだよねー」「ごめんね防人様～」「おゆるしになって～」「なんだったらエッチなおしおきしてくださってもいいのですよ♡」

「「それはだめー！　私が先ー！」」

……ぎゃあぎゃあとまたＳＤＣたちが、騒ぎ出す。

エステルが間に入ってとめようとするが、誰が俺と最初に近づくかでもめていた。

「はぁ……」

「あの、ヒカゲさん」

桃色の髪を三つ編みにして、メガネをかけている。

背は高く、体つきはすらりとしている。

「これは、いったいなんなのですか？」

「……宴会だってさ。俺の無事の帰還を願う」

勇者パーティたちは討伐へ向かうため、この奈落の森へと、俺を迎えにやってきたのだ。

奈落の森は人間国と魔族国を挟んでいる。

このまま俺をつれ、魔族国へと乗り込む予定だ。

ちなみに勇者パーティメンバー以外は、誰もいない。

魔族国は瘴気で包まれており、女神の加護を受けていない一般人は、入れないのだ。

ゆえに魔王討伐には、俺、エリィ、剣士、聖職者の四人で向かうことになった。

……ビズリーは、ずっと行方不明だそうだ。

魔族たちの侵攻をそろそろ止められなくなってきている。

悠長にビズリーが出てくるのを待ってられないらしい。

「……すまんなエリィ。こんな汚い場所で一泊するなんて」

情報漏えいの観点から、村に入れるわけにはいかない。

メンバーたちには神社に泊まってもらうことになった。

そこにエステルがやってきて、『宴だ！』と騒ぎ立て、今に至る次第。

「汚くないです！　ヒカゲさんが住んでらっしゃる家、とてもきれいで、良い匂いがします！」

「……そ、そう」

エリィが興奮気味に言った。

「……ああ良い匂いってなんだ。変な子に思われたかもしれないわ……私の方がお姉さんなんだから、もっと余裕ある振る舞いしないと」

ぶつぶつと、エリィが何かをつぶやいていた。

「へいへいひかげくん！　エリィちゃん、飲んでるかーい？」

エステルが真っ赤な顔をして、ふらふらとした足取りで、俺たちのところへやってきた。

「ぐへへ～♡　ひかげくーん♡」

「……酒くさっ。どんだけ飲んでいるんだよ」

「らーいじょーぶぅ。じぇーんじぇん酔ってないまだまだ序の口よーん」

エステルは俺のそばまでやってくると、正面からハグしてくる。

「……ど、どいてくれよ」

「やーだー♡　ひかげきゅんと抱き抱きする～の～♡」

エステルは目を細めると、俺の体にすりすりと頬ずりする。

「ねぇ～エリィちゃんはー、ひかげくんの彼女なの？　どーなのよー？　よーよー」

エステルが据わった目つきで、エリィを見やる。

「か、彼女⁉　ちちちち、ちぎゃいましゅ！」

「だめだからねっ！　ひかげくんはお姉ちゃんのなんだよっ！　ずぇえったいに渡さないからな！　ノータッチ！」

　エステルが俺の顔を抱き寄せる。

み、耳にプリッとした何かがっ！

「そ、そんな……私は、別にヒカゲさんのことは……なんとも」

「うそおっしゃい！　お姉ちゃんにはわかってるんだからな！」

ビシッ！　とエステルがエリィを指さす。

「きさまがひかげくんのことを、らびゅーってことッ！」

なんだ【らびゅー】って。

どうでもいいから早く離して欲しかった！

「ちちちっ、違いますす違います！　私は純粋に、一個人としてヒカゲさんのことを……」

「うそだ！　ぜったい嘘だ！　かしこいお姉ちゃんには丸わかりなんだからっ！」

酔っている彼女は、なんだかいつもと違っていた。

「素直になりな。そして我らの仲間に加わるといい。ミファ、あれを渡して」

「姉さま。了解です」

銀髪を揺らしながら俺たちの傍にやってきたミファが、エリィに小さなカードを手渡した。

「これ、なんですか？」

「【ＳＤＣ】の会員証だよ。お姉ちゃんも持っている。ミファも持っている。そしてここにいるみんなも……持ってる！　そうだろおめーら！」

「「「もってまーす♡」」」

村の女たちが、懐からカードを取り出す。

……ぜ、全員が、俺のファンなのか？

なんでこんな根暗な男にファンがつくんだ？

「さぁさエリィ氏。受け取るが良い良い。そしてわれらの仲間になるのーじゃ」

「ともにヒカゲ様を愛しましょう！」

きらん、とエステルとミファがどや顔で言う。

「……エリィ。このアホたちがすまん。そんなカード捨てていいから」

「そ、それは嫌です！　わ、私、好きなので！」

エリィが顔を真っ赤にして叫んだ途端、その場が静かになる。

「ほほう♡」「ほうほう♡」「きみもか」「きみも防人様のファンなのか♡」

SDCたちが、ぞろぞろとエリィのもとに集っていく。

彼女は取り囲まれ戸惑っていたが、やがてこくりとうなずいた。

「みな！　ここに新たなひかげくんのファンが誕生したぞ！　温かく迎えよう！」

「「「いらっしゃ～い♡」」」

唱和するSDCたち。

あ、頭痛くなってきた……。

「エリィ様。これ、会則です」

そう言って、ミファがぶっとい紙の束を、エリィに手渡す。

「……そんな紙捨ててくれて良いから」

「すべて暗記します！」

なんだか知らないが、エリィが顔を真っ赤にして叫ぶ。

「……い、いや覚える必要ないだろ？」

「あります！　わ、私もＳＤＣの一員ですから！」

「敬虔なる防人信者の誕生だ！」

「「おおー‼」」

「祝うぞ！　新たな仲間が増えたぞ！」

「ねえねえエリィちゃんは防人さまのどこが好きなの～？」

皆と話すエリィは、楽しそうに笑っていた。

「ふふん。どうだいひかげくん。お姉ちゃんの第・六・感！」

エステルがグラスを片手に、俺のとなりへやってきて、なだれかかってくる。

長い髪からは、少し動くだけで、びっくりするくらい良い匂いがした。

「お姉ちゃん、わかっちゃうんだな～。誰が誰のこと好きかって……ああ！　自分の慧眼さ加減がおそろしい！」

「……いや、節穴だろ」

「およん？　どうして？」

そんなのわかりきったことだろう。

「……エリィいってたじゃないか。俺を人間として好きだって。ファンクラブの好きって、そもそも異性としての好きじゃないんだろ？」

するとその場にいた全員が、動きを止める。

「「はぁ～～～～～～～～～～～………………」」

ＳＤＣたちがため息をついた。

なんなの？　え、なんなの？

「防人さまどんかーん」「鈍感なところも可愛くてお姉さんは好きよ～♡」「あーずっり！　アタシだって防人さま大好きだもんっ！」

「ほほほ、ひかげくんはにぶちんですなぁ～」

酔ったエステルがにまにま笑いながら、俺のほっぺをつつく。

「けどそういうところ……お姉ちゃん、好きだぜっ！」

「……ああそうかい。そりゃどうも」

はぁ、とため息をついて、俺はグラスの中のジュースを飲む。

この国では十五歳から酒が飲めるのだが、俺は酒が苦手だった。

「ヒカゲ様っ！　わ、わたしがお酌します！」

ミファがビシッ！　と手を上げて言う。

「ずるい巫女さま！」「わたしだっておしゃくしたーい！」「防人さまにおしゃくするのー！」

不満げにつぶやくＳＤＣたち。

「ちょっとおめーら。順番な。並べぇい！」

「「「はーい！！！」」」

……俺は影呪法で逃げようと思った。

だがヴァイパーが出てきて、逃げられないよう結界のまじないをかけてきた。

結局俺は、その場にいた全員からお酌をされた。

その後も料理をあーんさせられ、余興として全裸じゃんけん（負けたら一枚ずつ脱いでいく）をした。

……夜が更けて、ようやくＳＤＣたちは帰っていった。

エステルは村人を送り届けてから、後片付けに戻ってくるそうだ。

あとには俺と勇者パーティだけが残される。

「……死ぬほど疲れた」

「お疲れ様です、ヒカゲさん」

エリィが俺の隣に座り、水の入ったコップを手渡してくる。

「……ありがと」

俺はそれを受け取り、飲む。

無言の時間が流れた。

好きと言われた相手と一緒にいると、い、意識してしまうな。

「……あ、あのさ。さっきの好きってやつさ。人間的にって意味だよな？」

その辺ハッキリさせないと気になって眠れないからな。

「……わかってるからさ。おまえも気にすんなよ」

「いいえ。ヒカゲさん。あなたは何もわかってないです」

エリィは目を潤ませながら、顔を真っ赤にする。

「私は……本当に、あなたのことが──」

……と、そのときだった。

激しい揺れと共に大爆音が鳴り響いた。

「な、なんだ⁉」

「地震か⁉」

勇者パーティがいっせいに起き上がる。

社(やしろ)の壁が、何者かに破壊されていた。

影探知にはひっかかってなかったのに、結界をどう破ってきたというのだ？

「…………」

神社の壁の中からゆらりと人影がのぞく。

そこに立っていたのは……見覚えのある顔だった。

「ビズリー！」

エリィが侵入者を見て叫ぶ。

入ってきたのは……勇者ビズリーだったのだ。

彼女が彼の肩をがしっと摑んで揺する。

「あなたどこ行ってたの⁉　一ヶ月も何も連絡せずにッ！」

「…………」

ビズリーはブツブツと何かをつぶやいている。

「……倒、ス」

「ど、どうしたの？　何か具合でも悪いの？」

エリィがビズリーの体調を心配して言う。

「倒、ス。殺、ス。殺ス殺ス殺ス殺ス殺ス殺ス殺ス殺ス！」

ずぉっ……！　と強烈な呪力が、ビズリーから感じ取れた。

まがまがしい呪力……人間の呪力ではなかった。

「エリィ！　下がれ！！！」

俺は織影で影の触手を作り、エリィの首根っこを摑んで引く。

「アッ……！」

先ほどまで彼女が立っていた場所に……何かがあった。

それは【爪】だった。

刀ほどの大きさの、長く白い爪が、ビズリーの肩から生えていた。

「大丈夫かっ!?」

「は、はい……かすっただけ。それより、ビズリーは……？」

勇者パーティメンバーたちは、ビズリーから距離を取る。

「殺ス殺ス殺スコロコロコロコロコロコロすぅうううううう！」

肌は毒々しい紫色。

上半身の筋肉が、異常なまでに膨れ上がっていく。

そして肌のあちこちからは、鋭い爪がいくつも生えている。

唸り声を上げながら変貌を遂げていくビズリー。そして――

「殺スぅうううううううううううう！」

そこにいたのは、異形のバケモノだった。

「どうしちゃったの……？」

エリィがその場にぺたんと尻餅をついて、呆然とつぶやく。

俺もまた困惑していた……そのときだった。

「ご主人様」

影から、ヴァイパーが出現する。

「あの勇者は肉体改造を施されています」

「……肉体改造、だと？」

ええ、とヴァイパーがうなずく。

どういうことか……と聞き返す前に、ビズリーがこっちへ襲ってくる。

「死ネェぇぇえええええええええ！」

ビズリーがドスドスと走りながら、こっちへ来る。

敵の攻撃を素早く攻撃を避ける。

エリィは動けなさそうなので、影の触手で後へ追いやった。

「ごろずぅうううううう！　英雄王ぉのだめぇぇぇええええええええええ！！」

ビズリーはその場を何度も殴(なぐ)る。

「お前サエいなければぁあああああああああああ！」

「……ビズリーは、どういう状態なんだ？　まともとは思えん」

いきなり襲ってきたことといい、知性を欠いた言動といい、あきらかに異常だ。

「四天王最後のひとり、ドランクスは肉体を改造する術にたけた狂科学者(マッドサイエンティスト)です。おそらくそいつに体と、そして頭の中もいじられたのでしょう。身体能力は上昇してるようですが、知性が著(いちじる)しく低下しています」

そうか……敵に、捕まっていたのか。

「ヒカゲぇええええ！　いッのまにぃそこにぃいいいいいいいい！」

ビズリーの怒りを宿した瞳が、俺をロックオンする。

「やめろビズリー！」

「そうだ！　正気に戻るんだ！」

パーティの剣士、および聖職者が、ビズリーの前に躍り出る。

「うぅうるさいぃいいいいいいいいいいいいい！」

ビズリーが体から呪力の高まりを感じる。

「逃げろおまえら‼」

ビズリーの体から、さらに多くの【爪】が生える。

無数の爪は伸び、そこらじゅうを針山に変える。

「がッ……！」「ぐぁあああ‼」

剣士と聖職者が、爪による攻撃を受ける。

俺は影で壁を作り、伸びた爪を受けとめる。

爪は思ったよりも鋭く、壁をつきぬけて、俺の目の前でとまった。

あと少しで一撃食らうところだった……。

ぽた……ぽた……。

「……なんだ？　爪の先から、紫の液体……？」

影の壁を解除せず、そのまま潜影。

爪が建物や壁に刺さっているってことは、すぐに動けない状態にあるはずだ。

潜った後、幻影で影人形を作る。

「ぞごがぁあああああああああああああ！」

ビズリーが思い切り右腕を伸ばし、爪で人形の腹部を刺す。

「卑怯者めえええええええええええええええええええ！」

爪が引っかかり動けなくなるビズリー。

俺は潜影を解除して、影から出る。

影の刀で後からビズリーの首を斬ろうとして、止まる。

こいつは、俺を虐げた男だけれど、知り合いだ。

何をためらう、殺さないと……。

「ご主人様ッ！」

ビズリーの爪が襲ってきたので、潜影で逃げる。

あと一歩遅れていたら、串刺しになっていたところだ。

俺は影転移でヴァイパーの元へ還る。

「……すまん。助かった」

「いえ。しかし……ご主人様。なぜ、とどめを刺さなかったのです」

ヴァイパーが俺を見て言う。

「……どうしたのです？　今、殺せましたよね？」

確かに、あのまま刀を振るえば良かった。

「……できねえ、よ」

「なぜです？」

「……だってあいつは、元人間なんだぞ？」

「ご主人様。あの勇者は肉体を改造され魔族化してます。敵ですよ？」

影の中でヴァイパーが言う。

「……けれど」

相手は赤の他人じゃない。

少しの間、共に旅した仲間だったやつだ。

『でも、過去のこと、ですよね』

「ひゕげェえええええええええ！　ドこダぁああああああああ！！」

ビズリーが地面をめった刺しにする。

「あのクズはあろうことかご主人様をパーティから理不尽に追いやった。しかも私怨で。そんなクズの身をどうして案ずるのです？」

「…………」

ヴァイパーの意見はもっともだ。

やつと俺との関係は、元仲間というただそれだけ。

「迷っている時間はないようです」

ヴァイパーに急かされ影から出た、そこには勇者パーティたちが、遠くで倒れていた。

「ひ、ヒカゲ……さん……」

「エリィっ。どうした⁉」

俺はビズリーを影で拘束し、エリィの元へ行く。

彼女の額は脂汗でびっしょりと濡れている。

額を触わると……熱い。

「……毒か」

「そのようです」

背後にヴァイパーがひかえていた。

「おそらくあの勇者。体に【魔王の爪】を移植されているようです」

「魔王の爪……だと？」

「ええ。強力な呪毒がこめられています。体を内側から焼き……最終的に死に至ります」

エリィ、そしてパーティメンバーたちは、苦しそうにあえいでいた。

「……ヴァイパー。治癒を」

俺はビズリーを注意深く見やりながら、影エルフに命ずる。

ビズリーは拘束を解くのに、苦戦していた。

「無駄です」

「……なぜだ？」

「魔王の呪毒は、魔王本人を殺さない限り完全に解毒できません」

「治療法は？」

「ありません。氷を使って体を低体温にすれば多少進行は遅らせられますが」

……つまりこのままでは、爪の攻撃を受けた、パーティメンバーたちは死ぬ。

このままビズリーを放置しておくわけにはいかない。

魔王の息がかかっている以上、やつがここへ来たのは、ミファをさらうためだろう。

「ご主人様」

「……わかってる」

このまま黙っていても、何も事態は好転しない。

ほうっておけば仲間が死に、仲間を助けようとすれば、ミファが連れていかれる。

――コロセ。

……俺の中で、誰かがささやく。

「…………」

俺は刀をぎゅっ、と握りしめる。

潜影でもぐり、ビズリーの首を刈るのは簡単だ。

だがそれをしてしまったら……俺はただの【人殺し】になってしまう。

俺は、誓ったんだ。

もう二度と、この【影呪法】を、火影直伝の暗殺術で、人を殺さないと。

「…………」

そのときだ。

「しねぇえええええええええええええええええええええええ‼」

俺が考え込んでいる間、ビズリーはすでに攻撃の準備を終えていた。

正面から降り注ぐ爪の雨を、影の刀で全部たたっ切る。

「ご主人様！　下です！」

爪が地面から生え、俺に襲いかかる。

呪毒を俺が受けたら勇者パーティが再起不能の今……もう残りの敵を倒せない。

そのときだ。

「ひかげくんっ！　あぶないっ！」

ドンッ……！　と誰かが、真横から俺を押したのだ。

爪の攻撃は、俺の肌にかすることはなく、代わりに、エステルがダメージを受けた。

「……エ、ステル？」

なんで？　どうして……？

エステルの体に、毒爪が深く突き刺さっている。

彼女は苦悶の表情を浮かべ、その場に崩れ落ちる。

「……あ」

俺は震える。

わけがわからない。

どうして、エステルが？

なんで？　どうして……？

「ご主人様!?」

……嫌だ。死なないでくれ。エステル。
おまえは俺の生きる希望なんだ。
——コロセ。
おまえが言ってくれた言葉が、俺を救ってくれたんだ。
——コロセ。
俺に人のために生きろって、一緒に生きる目標を探そうって……。
——コロセ。コロセ。コロセ！
「ぁあああああああああああああああああ‼」
俺は叫んでいた。
体が勝手に動く。
風よりも速く走る。
ビズリーが大量の爪を飛ばして攻撃してくる。
その爪をすべて、刀で打ち払った。
超高速で爪を破壊し、瞬く間に俺は、ビズリーへ接近した。
影喰いでビズリーの体を喰おうとする。
敵はジャンプして回避するが、逃げ道を限定させるための誘いだ。
影で巨大な両手を作り、ビズリーをたたき潰す。
爪がすべて破壊される。

影の手を解除すると……ぐしゃっ、とビズリーが地面に倒れ伏す。

「う……うう……」

この手でぶっ殺してやろうって思ってたからだ。

——コロセ！　コロセ！　コロセ！

内なる声が俺から理性をはぎとり、憎悪が体を衝き動かす。

「殺してやるよ‼　よくも、よくもエステルを！」

俺は影の刀でビズリーの四肢、体を……切り刻む。

ほんの一秒にも満たなかっただろう。

それだけで、俺は勇者の首から下を、完全に粉々に切り刻んだ。

「いでぇ……痛い゛よぉおお～…………」

「殺す……」

「ひぎぃ！　い、嫌だぁ！　殺さないでぇ！」

首だけになったビズリーが泣き叫ぶ。

魔族化しているからか、煙を立てながら、首から下が生えだしていた。

再生能力が高いのか。さすが魔族だ。

だが彼女を傷つけやがったこいつを、俺は絶対に許さない。

だって俺は……俺は……。

「……ああ。そうか」

簡単な事実に気付いた。

そうだ。エステルのことが、俺は好きだったんだ。

底抜けに明るく、優しい、あの人のことが……。

心から、好きだったんだって、やっとわかった……のに。

「死ね……」そうだコロセ。「死ね……！」コロセコロセ!!

「死ねぇえええええええええええええええ!!」

「ひぎぃいいいいいいいいいいいいいいいい!!」

刀を振り上げて、ビズリーの頭部を一刀両断しようとした……そのときだ。

「ダメだよ！　ひかげくんっ!!」

誰かが、俺を後ろから抱きしめてくれたのだ。

温かく、柔らかな体の感触……エステルだった。

ビズリーは好機とみたのか、首を切ってゴロゴロ転がして逃げる。

「ひぃいいいいいいいいいい！　化け物ぉおおおおお」

……俺は式神の鴉を出して、逃亡したやつの後を追わせる。

俺はエステルを見やる。

「……おまえ、だい、だいじょうぶ、なのか？」

「うん。ヴァイパーちゃんがね、魔法で治癒してくれたんだ。だから大丈夫！」

えへっ♡とエステルが笑う。

体の傷が塞がっても、呪毒を受けているはず。

放っておけば、死に至る強力な毒を受けても、この人は……笑っていた。

俺に、心配を掛けさせないために。

「……どうして、止めたんだよ？」

「だって……ひかげくんに、人を殺してもらいたくなかったから」

ふらっ……とエステルが崩れ落ちる。

「エステル⁉」

「だいじょーぶ……元気……ですよ？」

「嘘つけよ⁉　おまえそのままじゃ死ぬんだぞ⁉」

エステルは毒に体をおかされていても、笑顔を崩さない。

「死なないよ。だって辛い思いさせちゃうから。ひかげくん……やさしいから」

「………」

「人なんて、殺しちゃ……だめよ？」

そのけなげな姿に、俺はぎゅっ、と彼女を抱きしめる。

「エステル。俺は……おまえが」

好きだ……と、エステルに伝える。

「……えへへ、死ぬほど、うれしい」

エステルが微笑む。

勇者パーティのメンバーは、女神の加護を受けているため、魔族の毒にある程度抵抗できる。

だが……エステルは一般人だ。

この後少しもしないで、死んでしまう。

「……約束する。俺、ぜったいおまえを助ける。幸せにする」

だから……と俺が続ける。

「……少しの間、眠っててくれないか？」

「うん。お姉ちゃん……こう見えて我慢強いんだぜ？」

「知ってるよ……」

今だって、体がすごい痛いはずなのに笑っているから。

エステルを横たわらせる。

「【絶対零度棺（セルシウス・コフィン）】」

一瞬にして、氷の棺（ひつぎ）に、エステルが包まれる。

となりに出現したヴァイパーに言う。

「……ビズリーはどうなった？」

「あのまま川に落ちて行方（ゆくえ）知れずです」

「……そうか」

勇者パーティたちの元へ行く。

「……エリィ。みんな。大丈夫そうか？」

「まだ……なんとか。一日……くらいは」

　一日か。……十分だ。

「……おまえたちをこれから村に運ぶ。そこでおとなしくしててくれ」

影式神を出す。

「まって！　ヒカゲさん！　どこへ行かれるのです⁉」

エリィが俺の服を掴んでくる。

「……魔王を倒してくる」

「ひとりで⁉　危険です‼」

だが勇者は行方不明でパーティメンバーは毒で重傷。

他のメンツが動けない以上、俺が魔王を討つしかない。

「ヒカゲさんを危ない目に遭わせたくありません！」

「……ありがとう。けど……俺は行くよ」

「なぜ⁉」

「……好きな子を、待たせてるから」

後ろを振り返る。

氷の棺の中で、安らかな眠りについているエステルを見やる。

死んではいないが、毒の進行を完全に止めたわけじゃない。

魔王を倒さない限り、この子は死んでしまう。

「ヒカゲさん……」
エリィが泣きそうな顔になる。
「……行ってくる」
影転移を発動させる。
目的は魔族国にある、魔王の城。
待ち受ける敵を排除し、エステルを助ける。
俺の心は決まっていた。
必ず魔王を倒して、エステルを、愛しい女性を助け出すと。
……俺は今ようやく、本気で魔王を倒したいと、心からそう思っていた。
やがて転移が完了し、俺は敵陣に踏み込む。
行く先に待つのは、全員が敵で、挑むのは俺だけ。
俺が負けたら……人類は終わりだ。
だが俺は、人類の存亡なんてどうでもよかった。
エステルを、大好きなあの人のことを考えていた。
やっと俺はやりたいことを見つけた。
「エステル。おまえのために、俺は魔王を倒すよ」
強く地面を蹴って、魔王城めがけて、走り出したのだった。

間章　私の王子様

私は、とある貴族の妾の子として生まれた。
おかあさんは優しい人だった。
母との日々は、楽しいことだらけだった。
そんな毎日も、最愛の母が死んでしまったことで唐突に終わる。
ある日、貴族が私を迎えに来た。
正妻に子供が生まれなかったから、妾の子の私が連れ戻されることとなったらしい。
父とともに生活するようになったけれど、正妻からの扱いは酷いものだった。
最初のうちは暴力を振るわれても、仕方ないと我慢した。
けれど日に日にそれは苛烈さを増していった。
ある日私は父にそのことを訴えたが返答は「そうか」と簡素なものだった。
……私は悟った。
この人は、私のことを愛していないのだと。
父が愛していたのは、死んだおかあさんだったのだ。
跡継ぎがほしい、ただそれだけの理由で手元に置いてあるだけに過ぎない。

彼との間には、同じ血が流れていても、家族の絆というものはなかった。

そんなふうに、私はいてもいなくても同じ、空気のような扱いを受けていた。

それでもいつか父が、私を愛してくれるようになるよう頑張った。

必死に愛嬌を振りまいた。……けど、駄目だった。

父の心が、私に向くことはなかった。

ある日正妻のもとに男の子が生まれた。

私は……本格的に要らない子になってしまった。

世間体を父は気にした。だから急に放り出すということはなかった。

……それでも、家での私の扱いは、どんどんと雑になっていた。

少し前は空気だったけど、成長するにつれてサンドバッグになっていった。

父は、死んだ母と私を重ねて、過去の過ちを思い出して殴ってきた。

正妻は、夫を奪った女の顔を思い出して、殴ってきた。

……私の居場所は、そこにはなかった。

けれど子供の私では、逃げられない。

鳥籠にしまわれた小鳥よりも、私は哀れだと思った。

私の足には、貴族のしがらみという厄介な鎖がついていた。

外へ飛び立つこともできず、両親から酷い扱いを受ける日々。

死んでしまった母の顔を思い出しながら、毎晩涙を流しながら眠りについていた。

いつか、死んだ母をうらむようになるんじゃないかって、怖かったのだ。
そうなったときは素直に死のう。
誰かに殺してもらおう。
そう思っていたある日、私の屋敷に、新しい使用人がやってきた。
珍しい黒髪をした父子だった。
その子が、ひかげくんだった。

☆

ひかげくんとはよく遊んだ。
私は、姉弟というものを知らなかった。
だから、少し年下の彼は、私にとって弟のような存在だった。
彼の目はいつも暗い影を宿していた。
何かに不満を抱いているように感じた。
私は……ズルいと思った。
だってひかげくんの足には、貴族の鎖がついていない。
何のしがらみもなく、どこまでも自由に走っていけるじゃないか。
けれどある日、私は見てしまった。

ひかげくんが、父親に殴られている現場を。

『ねえ、どうして殴られてたの？』

彼の痣（あざ）に、氷嚢（ひょうのう）をあてながら、私は尋ねたことがある。

『……おやじは、おれのことが気に入らないんだ』

『どうして？』

『……おれは、愛人の息子なんだ。正妻の子もいるんだけどさ、そっちは影呪法（かげじゅほう）……おやじのもっている才能を引き継げなくってさ。それが気にくわないんだって』

それを聞いて、私は親近感を覚えた。

『いっしょだね』

『いっしょ？』

『うん……私も、愛人の子供なの』

『そっか……』

黒髪の彼は、もともとあんまりしゃべらない子供だった。

なぜか知らないけど、あえて【過度に仲良くならないよう】にしていたと思う。

けれど愛人の子供同士であることをきっかけで、私たちはしゃべるようになった。

毎日のように、私たちは遊んだ。

お互い、同じ傷を持つ私たちは、感覚を共有できた。

『自分の奥さん、だいじにすればいいのにねっ。愛人なんてどうして作るんだろうっ』

『ほんとだよな！　そのせいでこっちはめーわくしてるんだ！』

今まで不満をため込むことしかできなかった私たちは、そのはけ口を見つけた。

父親への不満を口の外に出すたび、私たちの思いは共有されて、絆は深くなった。

ある日のこと。

屋敷を抜け出し、小高い丘にピクニックへやってきていた。

『私だったらぜったい！　ひとりの男性を愛し続けるもん！』

『おれだって、ひとりの女性を愛し続ける。愛人なんて作らない。そうすればうまれてくる子供は不幸にならないもんな！』

『じゃ、じゃあ……ひかげくん、将来……私をお嫁さんにしてくれる？』

『え、ええっ⁉　きゅ、急になにいいだすんだよ』

『いいじゃないっ。それとも、ほかに好きな女の子いるの？』

『い、いないけど……』

『じゃあ決定！　なんじひかげは、妻エステルを愛することを誓いますかっ？』

ひかげくんは顔を真っ赤にしていた。

けれどこくり、とうなずいてくれた。

私は……うれしかった。

母が死んで、本当の家族はもうこの世には誰ひとりとしていなかったから。

新しい家族ができて、うれしかったのだ。

『約束だよ！　大人になったら結婚するの！　そんで、素敵な家庭を築くんだ！』

『うん！　おれも、エステルのために一生懸命はたらくよ！　まっとうな職についてさ！』

私たちは笑い合い、将来を誓い合った。

子供の遊びだと、私も彼も思っていなかった。

ふたりとも、本当の家族をもとめていたからだ。

孤独を分かち合い、ずっとそばにいてくれる。

そんな彼のことが……私は心から好きだったのだ。

彼と将来を誓い合ったあの日が、幼い私にとっての、幸せの絶頂だったと思う。

けれど……幸せな日々は長く続かない。

おかあさんが死んで、わかっていたはずだったのに。

☆

ある日起きたら、屋敷が燃えていた。

何があったのか、最初わからなかった。

火をつけたのは、ひかげくんのお父さんだった。

父は書斎で、ナイフに刺されて死んでいた。

それを目撃してしまった。

ひかげくんのお父さんは私を見やると、躊躇なく、ナイフを刺してきた。
……私の左胸に、とても自然に。
とても手慣れていた。
それを見てこの人は……殺し屋なのだと悟った。
……私の胸には、絶望が広がっていた。
ひかげくんのお父さんは、暗殺者だった。
ならばその息子であるひかげくんもまた、そうなのではないかと。
私と笑い合ったことも、傷をなめ合ったことも、全部が演技だったのではないか……。
自分の死よりも、その方が、万倍も辛かった。
『エステル！　エステルー！』
……どこかで、ひかげくんの声がした。
悲痛なる叫びを聞いて……私はホッとした。
『エステル！　くそ！　炎が……エステルー！　エステルー！』
ああ良かった、演技じゃ、ないんだ。
もし本当にそうなら、こんなに必死になって、私を探してくれない。
私をもとめてくれない。
打算抜きで彼が私を愛してくれていた。そのことが、心から嬉しかった。
炎に身を焼かれながら、私は安堵の吐息をつく。

生まれ変わったら、あなたとまた出会いたいと願いながら。

……その後の顚末を軽く話そう。

私はあの火事の中から救出された。

心臓を刺されたはずだったのに、生きていた。

その理由は単純明快。

私の心臓は、左側についていない。

生まれつき私の心臓は、正常な位置と逆側についていたのだ。

お医者様が、とても珍しい事例だと驚いていた。

正確に心臓を貫いたはずの、ひかげくんのお父さんだったけど、さすがにこの事例についてでは想定していなかったらしい。

かくして一命を取り留めた私だったけど、身寄りのない私は奴隷商人のもとへ売られる羽目となった。

その後いろいろあって商人の元を離れて、あの村で保護された。

そして……私は再会したのだ。

将来を約束し合った、大好きな彼と……また再び。

そのとき私は、奇跡の存在を確信した。

だってもう二度と会えないと思っていた男の子と、また会えたのだ。

こんな偶然ありえないでしょう？

これを奇跡といわずに、なにを奇跡というのか。
だから私は信じている。
今回もまた、奇跡を起こしてくれるって。
ひかげくん。大好きな男の子。
無愛想で、繊細で……でも、とても優しい暗殺者の少年。
彼はまた、奇跡を起こしてくれる。
魔王を倒して、世界を救ってくれるって。
たかが暗殺者には無理なこと?
誰だってとても低い確率だ、勇者でなければ無理だと言うかもしれない。
けれど私には信じられた。
彼の刃が、巨悪を殺してくれるって。
ひかげくんが、私を、迎えに来てくれるって。
だから私は安心して眠りについた。
彼の帰りを信じて。
物語のなかに出てくる、お姫様のように。
私の優しい王子様が、迎えに来てくれることを……固く信じて。

五章　暗殺者、魔王軍と戦う

エステルを救出するには、魔王を討伐するしかない。

俺は単身、魔王の元へ向かった。

「……ここが、魔王城か」

小高い丘にて、【俺】は城を見下ろしていた。

魔族国ケラヴノスティア、魔王が統治し、魔族たちの暮らす土地。

魔王の手下、魔族たちがうじゃうじゃいる、俺たち人間からしたら敵地だ。

ここに単身向かうのは、火の中に飛び込むのと同義だ。

ゆえに俺は、手を打つ……ビズリーの言葉を借りるなら、【卑怯者】らしく。

「ヴァイパー」

「御身の前に」

ずぉッ……！　と影エルフのヴァイパーが、【俺】の影から出てくる。

「……あの城の中に魔王が？」

「ええ。ルートは案内できます。お任せを」

ヴァイパーは元魔王の右腕だ。

魔族国の地理も、そして魔王の城の内部構造も熟知している。

……つくづく、こいつを味方に引き込んで良かったと思う。

「そう思っていただき光栄にございます」

ヴァイパーが【俺】の目を通して、俺に言う。

「ご褒美は、人間国へ、ご主人様のもとへ帰ってから、いただきます」

俺は今、まだ【奈落の森】の中にいる。

魔族国と戦争するのだ、単身で乗り込めば、連戦は避けられないだろう。

圧倒的な強さを手に入れたからといって無敵ではない。

それに、俺の術に必須となる、【呪力】。

森の中にいたときは、年中夜の大森林の中にいるおかげで、呪力無制限で戦えた。

しかし、魔族国は、奈落の森の外。

つまり敵地において、俺は常に、呪力のリスクが付きまとう。

あと一日で魔王を倒し、呪毒を解除しないといけない。

……失敗は許されない。慎重にならざるを得ない。

「さすがですご主人様。まさか【影人形】を先行させて、【影繰り】で操り、自身は奈落の森の中で待機しておくとは」

ヴァイパーが【俺】に言う。

ようするに、奈落の森の外にでるからいけないのだ。

なら本体である俺は、森の中で待機しておき、分身である影人形を操って戦わせれば良い。

これなら呪力は無制限だ。

だが最後は、俺自身がそっちに向かって、戦わないといけない。

「四天王のひとりドランクスは、たいしたことはありません。やつ単体の戦闘力はさほどではありません。問題は……魔王の左腕【剣鬼】です」

ヴァイパーが険しい表情で言う。

「剣鬼は魔王軍最強。わたくしよりも、そして、単純な戦闘能力ならば魔王より上です」

【俺】の耳を通じて、俺はヴァイパーの言葉を聞き……目をむく。

「……そんなに強いのか、剣鬼は」

「ええ。神速の抜刀術は、時間、そして空間をも斬るといわれています」

なんだその、でたらめな能力は。

「……俺で、勝てるか?」

「……勝ってもらわないと、困ります」

ヴァイパーが言葉を濁した……勝率は低い、ということだろう。

「しかし勝機はございます。あなたの内に飼う【黒獣】を解放すれば、倒せるでしょう」

「……気付いていたのか」

「ええ。あなたの能力の一部になったからでしょうね」

火影の人間は、みな異能の力を使える。

その異能というのは、自身の体の中にひそませている【霊獣】から力を借りているのだ。

俺の【影呪法】も、俺の中で飼っている【霊獣】から力を借り受けて使っている。

普段、まじないをかけられているため、俺の体の中で眠っている。

だがそれを解けば、やつは目覚め、莫大な力を俺は手にするだろう。

「……代償に、俺は死ぬがな」

「し、死ぬっ？　死ぬとは……どういうことなのですか!?」

ヴァイパーが焦って言う。

「……なんだ。そこまでは知らなかったのか」

まあ、火影秘伝の技だからな。詳しいところまではわからないのだろう。

「影呪法の十ある型のうちの、最終の奥義。その技は禁忌の術だ。使うと霊獣に意識を完全に乗っ取られ、俺という個人が死ぬ」

「……そん、な。そんなの自爆の術式ではないですか！」

普段余裕のあるヴァイパーが、このときばかりは、こわばった表情をしていた。

「使うのですか？」

「……最終的には、な」

剣鬼が魔王やヴァイパーより強いのなら、使わざるを得ないだろう。

「……けど、なるべく使わない。いざとなったら使う。文字通り【奥の手】だからな」

黒獣の解放は勝利と引き換えに、俺の死を招く。

……エステルに、もう二度と会えなくなるのは、嫌だった。

だから俺は人間として帰ってこられるよう、こうして策を練(ね)っているのだ。

「……よし。じゃあいくぞヴァイパー」

作戦はこうだ。

俺は奈落の森で待機。

影人形と影エルフで魔王城へ乗り込む。

呪力を抑えて、王の間まで向かう。

そして【影転移(かげてんい)】を使って、一瞬でその場にテレポート。

転移を使えば、式神(サーヴァント)がいる場所へと跳べるのだ。

あとは魔王を倒して……それで終わり。

「……いくぞ。開幕の花火だ。でかいのかましてくれ」

「……わかりました」

ヴァイパーが丘の上に立つ。

「呪力をお借りいたします」

俺の体を通して、森の呪力が、ヴァイパーの中へと流れ込んでいく。

ヴァイパーは両手を天に向かって伸ばす。

手の周りには、四つの魔法陣が出現していた。

赤。青。緑。黄。

莫大な量の呪力がこめられ、そして複雑怪奇な術式が回る。

「ご主人様。わたくし、人間なんて毛ほども興味ありません」

ヴァイパーが魔法の準備をしながら言う。

「誰が死のうと、誰が生きようと、どうでも良かったんです」

大賢者が【俺】を、そしてその先にいる俺を見て……笑う。

「けど……あなたと出会って知りました。この世界は、思っていた以上に、楽しいもので満ち溢（あふ）れていることを」

魔法の準備を完了させ、ヴァイパーが前を見やる。

「絶対に殺させません。あなたと、そしてあなたの大事にするすべてを守る盾となり、そして剣となりましょう」

ヴァイパーが両手を振り下げる。

「滅びよ魔族！　滅せよ魔王！　喰らうがいい！　わが極大の魔法を！

【煉獄業火球（ノヴァ・ストライク）】！

【絶対零度棺（セルシウス・コフィン）】！

【颶風真空刃（ゲイル・スライサー）】！

【天裂迅雷剣（ディバイン・セイバー）】！」

円陣が空に浮かぶ。

魔族国を覆（おお）うほどの大きさだ。

それぞれ巨大な隕石、氷山、逆巻く嵐、そして雷の剣が、落ちる。

ヴァイパーの四つの魔法は、大地を燃やし、凍てつかせ、削り、そして切断した。

ただの一度の攻撃で、魔族国という国が崩壊していた。

「……城にはきいてないか」

一瞬にして荒れた大地と化した魔族国を見渡し、俺が言う。

「ええ。わたくしが長い時間をかけて作った、対魔法結界に覆われてますからね」

大賢者の強力な結界によって、城だけは無事だったのだ。

「……結界の解除は？」

「何度も試みているのですが、この姿になったからでしょうね。無理でした」

そうなると本格的に、敵地に丸腰で突っ込むしかないようだ。

「……いってくる。ヴァイパー」

「ええ。ご武運を」

【俺】は丘から飛び降りる。

ヴァイパーは空を飛び、その場を離れる。

「聞け！　元同胞ども！　大賢者ヴァイパーが貴様らを根絶やしにしにきてやったぞ！」

彼女が空中で、ド派手な爆発魔法を連発する。

先ほどの四つの魔法でだいたいがふっとんだが、魔王城にはまだ魔族がたんまりいた。

威嚇攻撃をすることで、魔王城から雑魚どもが出ていく。

俺はその間に魔王城へと潜入する手はずだ。

大賢者は今、自分の呪力で魔法を撃っているので、俺自身の呪力消費はない。

【俺】は少し間を開け、魔王城に潜入。

ヴァイパーが適切なルートを指示してくれる。

途中、何度か魔族と遭遇したが、【俺】はそのたび、魔族の急所を正確につぶす。

城の中の魔族は、ソロモン72柱や、魔王四天王、そして側近たちと比べて雑魚だ。

だが人間が相手にしたら勝てないような強敵だろう。

高ランクの敵がうじゃうじゃいる。

だが今の俺は強い。

奈落の森で力をつけまくった俺は、【影人形】で力が一段落ちたとしても、強力なモンスターを瞬殺できるようになっていた。

スキルや影呪法を使わず、単純な呪力と腕力だけで、魔王城の敵を狩り殺していく。

草刈りのようだった。

そこら辺に生えている雑草を、俺という死神の鎌がすべてを狩りつくしていく。

今、魔族を殺すためだけの武器となっていた。

『ば、バケもんだぁあああああああああ！』

『人間どもが大量殺戮兵器を送り込んできたぞぉおおおおお！』

……魔族どもの断末魔の叫びが響く。

大量殺戮兵器か。
その通りだと思う。
魔王の元へと一直線に進みながら、考える。
……俺なんて殺すこと以外に能のない人間だ。
……そんな人間のことを、気にかけてくれる人がいる。
……俺のことを好きだと言ってくれた、優しいひとがいる。
エステル。俺の大事な人。
殺すこと以外を教えてくれた、恩人だ。
その人が死にかけている。
大切な、そして、大好きな人が……死に瀕している。
彼女を守るためには、魔族らを根絶やしにする必要がある。
だから俺は魔族を狩ろう、魔王を倒そう。
『このバケモノに一矢報いてやるぅううう‼』
『くたばれこの人の皮をかぶったバケモノめぇええ！』
……エステルを守れるなら、心ない罵声を浴びせられても平気だ。
よろこんで命を摘み取る兵器となろう。
『あがぁあああああああ！』
『ひぎぃいいいいいいいいい！』

俺はひたすら走りながら、ひたすらに刀を振るいまくった。
……やがて、どれくらいの魔族を殺しただろうか。
そのすべてを殺し、すべてを【影喰い】で取り込んだ。
俺の体には、【俺】を通じて、尋常じゃないレベルの呪力が蓄えられている。
万全の状態で、俺は目標の場所へと、たどり着いた。
魔王のいる場所。
王の間の前まで。
『来た、か』
巨大な扉の前では、着物姿の、鬼の剣士が座っていた。
魔王の左腕、最強の剣士【剣鬼】。
「……ああ」
俺は【影人形】を動かし、刀を構える。
まずは、様子見だ。
『いや。きて、ないか』
「ッ！」
【俺】の背後に、剣鬼がいた。
動きが目で追えなかった。
影人形はあっさりと、腹をえぐられ、消滅しかける。

その前に俺は、【影転移】を発動。
奈落の森から一瞬で、剣鬼の前にテレポートする。
「……雑魚を瞬殺できる影人形を、瞬殺か」
織影で刀を作り、構えを取る。
『そう、だ。それで、いい』
剣鬼は……心なしか満足げに言った。
何に満足しているのか、知らないし、興味もない。
ただ、こいつを殺しエステルを守る。
それだけだ。
『暗殺者よ。おまえの、名は?』
剣鬼が殺気を緩めることなく問うてくる。
その殺気に気圧されそうになるが、平気だった。
大事な人の、命を背負っているから。
「……ヒカゲだ。焔群ヒカゲ」
『焔群……。そうか。【末裔】、か』
ふっ……と、なぜか知らないが、剣鬼が俺を見て笑ったような気がした。
だがそれも一瞬のこと。
『焔群ヒカゲ。私は、剣鬼。貴様を殺す、剣士の名だ。覚えて、逝け』

剣鬼が腰の刀に、手をかける。

俺も、呪力を高める。

……今、最後かもしれない戦いの火蓋が、切られようとしていた。

☆

最強の剣士、剣鬼と相対していた。

片手に刀を持ち、片手で手印を組む。

呪力を極限まで高め、身体能力の上昇、刀の強度を上げる。

『どう、した。こない、のか?』

剣鬼はその場で両手をだらりと下げ、自然体を取っている。

ただ突っ立っているように見えるが、尋常でない殺気と呪力が、肌にビシビシと刺さる。

無策で飛び込めば……死ぬ。

「…………」

奈落の森の魔物を倒しまくり、能力が向上した。

魔物や魔族、そして魔王の秘蔵っ子ソロモン72柱を取り込んだ。

そして数多くのスキルを得ている。

俺の体には、かつてないほどの莫大な呪力が満ちている。

今この瞬間において、俺は人生で最高の状態であるといえた。

……だとしても、俺がこいつに勝つイメージというものが、まるで湧いてこない。

ヴァイパーから、剣鬼のデータをある程度聞いてる。

だが大賢者の知識を以(もっ)てしても、剣鬼の能力のすべてを把握(はあく)しきれてない。

それでも……戦うしかないのだ。

敵にバレないよう、こっそりと罠を張る。

暗殺者の戦い方は基本卑怯(ひきょう)なものだった。

だがそれがどうした、勝てば良いんだ。

『こない、のなら。私から、行くぞ』

剣鬼が自分の手を、腰の刀の柄に置く。

その瞬間、俺はスキル【未来視(みらいし)】、【超視力(ちょうしりょく)】を発動させた。

【未来視】。今から三秒間だけ、未来の映像を見るスキル。(※見てる間、時は止まっている)

【超視力】。発動中、動体視力が超向上され、動きがゆっくりに見える。

どちらもソロモンの悪魔を喰ったことで手に入れたスキルだ。

未来の映像が頭の中に入ってくる。

やつは恐ろしいスピードで俺に突っ込んできて、胴体に一撃を食らわせていた。

……ヴァイパーの予測通りだ。

やつは時間を本当に止めているのではなく、目に見えない速さで動いているだけだ。

未来視が切れ、同時に俺は次の手の準備に取りかかった。
剣鬼は、未来視で得た情報通り、刀に手をおいて、突っ込んでこようとする。
呪力をありったけ込めて……その場から【動かなかった】。
敵の刀が、【俺】の胴体をえぐる。
恐ろしい速さだった。
やつ自身の動きも、刀を振る速度も、桁外れだ。
スキルで動体視力を強化していても、目でギリギリ追えるレベルなのだ。
『ちが、う』
剣鬼がつぶやく。
そうだ。
おまえが切ったのは、本体ではなく俺の【影】だ。
戦う前から、影の中に、呪力を極限までこめた影人形を潜めていた。
未来視で行動を予測した後、まずは影転移で影人形と俺の位置とを交換。
影の中に入ってやつの攻撃をかわす。
剣鬼が攻撃したのはただの影人形ではない。
えぐられた胴体から、ぶしゅううう……！　と黒い煙が出たのだ。
影呪法、俺オリジナルの型、【影領域結界】。
黒煙の形をした結界だ。

人形の中に煙を詰めていたのだ。壊れた瞬間、黒煙が辺りにばらまかれる。
黒い煙が剣鬼を包み込む。
影人形が消滅する前に、影から出る。
敵は結界に閉じ込められた。
このまま影喰いを発動させる。
結界内部に閉じ込めた剣鬼を影に沈めようとする。
影喰い発動と同時に、未来視を発動。
ビジョンの中では、結界が破砕されていた。やはり長く閉じ込めるのは不可能か。
未来視が切れ、俺は次の手を打っておく。
剣鬼は結界を破壊。
やつが出てきたときには、俺はまた【影領域結界】を発動させていた。
『暗幕、を。部屋全体、に。かけた、か』
剣鬼が辺りを見回す。
先ほどはやつだけを呑み込むように、限定的に結界を張った。
だが今は、俺を含めて、魔王の間の前の空間全部を、影の煙で埋め尽くしたのだ。
『私、を。喰うのは、不可能だぞ』
「……百も承知だよ」
この結界は先ほどのように捕縛して喰らう目的のために張られてない。

……この影の領域内で、俺がやつを殺すために張ったのだ。

剣鬼の四方八方を、影の結界が包んでいる。

影呪法、【織影】を発動。

無数の影の触手が、剣鬼に殺到する。

千にもおよぶ影の触手、その先端は鋭利な刃物になっている。

影の刃が雨あられのように、剣鬼に襲いかかる。

やつは神速の抜刀(ばっとう)でそれらを削り取ろうとするが、攻撃は一方向からのみではない。

なにせ周りすべてが影。つまり全方向から攻撃されるのだ。

打ちもらした触手が、剣鬼の体を削る。

……だが、二、三本しか当たらなかった。

しかも、かすった程度だ。

「……なんだよ、あの機動」

剣鬼は攻撃が当たる瞬間、今まで以上のスピードで動いたのだ。

超視力で強化された目で、追えなかったのだ。

気付いたときには攻撃が終わっており、かすり傷を負った剣鬼が立っていたわけだ。

織影を解く。

今のでだいぶ呪力を持っていかれた。

……領域結界を維持しておくだけでも、かなりの呪力を必要とするからな。

『ヒカゲ。見事、なり』

剣鬼が平坦な調子で言う。

『練(ね)り上げた、呪力。あの触手一本一本、が。必殺の威力、だった。しか、も。刃に呪毒を、しこむ周到さ。驚嘆(きょうたん)に、値する』

スキル【呪毒(カース・ポイズン)】と【呪麻痺毒(カース・パラライズ・ポイズン)】。

触れるだけで体を焼き、そして動きを鈍くさせる強力な呪いの毒の重ねがけだ。

かすった程度だったが、それで十分。

影呪法を発動させ、全方向からの影の触手による攻撃。

だがこれは目くらましだ。

影人形を作り、影繰りでそれを動かす。

影転移で形を、剣鬼の背後に出現させる。

影人形ごと、影の触手で剣鬼を攻撃させる。

剣鬼の動きがとろくなっていた。

なにせ【超視力】を使わずとも、やつの動きが目で追えたからだ。

剣鬼が触手を何十本か打ち払い、影人形を切り伏せる。

だが打ち漏(も)らした触手が、剣鬼の体を貫く。

ここだ。

ここで、勝負をつける。

俺はありったけの呪力を込める。
影人形を作りだし、そして一緒に俺は走り出す。
敵は刀を振り、俺の首を取ろうとする。
……人形には引っかからないか。
まあいい。
攻撃が来るのは未来予測済みだった。
ヤツの剣速は、毒とそして影の触手によって、だいぶ遅くなっていた。
俺は超視力スキルで、剣鬼の攻撃を見切る。
首を撥ねられる前に、影転移を使って逃げる。
代わりに一緒に走っていた影人形の首を、剣鬼が切り飛ばす。
影人形が破壊された瞬間……。
ぶしゅぅうううううう…………‼
『さきほどの、煙幕、か』
影人形の中に込めていた煙幕の結界が発動。それはすぐさま、剣鬼を包み込む。
今度は捕まったら、影喰いされると思ったのだろう。
相手は思い切り、後に飛んだ。
『！』
敵が初めて、動揺の色を顔に出した。

そう、やつが飛んでいった先に、俺が刀を構えて立っていたからだ。

『……なる、ほど。転移して、先回りしていたのか』

刀を両手で持って、やつの首めがけて刃を振る。

刀と体には、膨大な量の呪力がこもっており、切れ味と剣速は最高のものとなっていた。

俺自身、【超視力】を使わないと、自身の剣速が見えないほど。

すさまじい速さで、刃が剣鬼の首に届く。

敵の首が切断され、飛ぶ。

やったか……？　と油断した瞬間だった。

剣鬼の胴体が動き、刀を抜いて、俺の体めがけて振ってきたのだ。

俺はスキル【超加速】を発動。通常の千倍の速度で、一秒間だけ、動けるというスキル。

やつは俺の心臓めがけて、突きを喰らわせた。

俺はすれすれでそれを避ける。

だが完全に避けきれず、俺の肩を、剣鬼の刀がえぐる。

突きの体勢から、今度は斜めに、刀を振るってきた。

もう一度超加速を使い後退して、剣鬼の刀による切断をかわした。

だが……俺の胸を、ざっくりとやつの剣が切り裂いていた。

この間たった二秒。

「ガハッ……！　はぁ……はぁ……はぁ……」

超加速は体に負担が大きい。
骨も肉も肺も、無理な動きをしたことで、悲鳴を上げていた。
『見事。見事、なり』
剣鬼の胴体が、そばに落ちている自分の首を拾い上げる。
そして自分の取れた首を、元の位置に乗せる。
それだけで、剣鬼の首は、元通りになっていた。
『ヒカゲ。焔群ヒカゲ。火影一族の末裔、よ』
剣鬼が、なぜか知らないが、俺に語りかけてくる。
……俺とやつとの実力差を、計り終えたのか？
勝ちを確信しているのか？　だからおしゃべりしている、ということか。
……なめられたもんだ。
だが好都合だ。
【準備】を整えている間、やつとの会話に乗ってやる。
「……なんで俺が火影だって……知ってるんだ？」
『私も、また。火影の里の、出身、だからだ』
俺は驚愕(きょうがく)に目を見開く。
……そういえばこいつも、俺と同じで黄色の肌、黒い髪をしていた。
極東人とは思っていたのだが……まさか火影の里出身者とは。

驚く一方で、俺は準備を整える。

【向こう】はまだもう少し時間がかかるらしい。

「……俺、あんたなんて里で見たことないぞ」

『私は、鬼。人の何倍も、長生き、する。ヒカゲ。おまえが、私を知らぬのも、道理だ』

俺は体に流していた呪力を解き、全呪力を、【向こう】に送る。

「……あんたが俺のご先祖さまってことか」

『そう、だ。焔群ヒカゲ。おまえには、私と同じ血が、流れている』

俺もこいつ同様、鬼の血が混じっているのか。

影呪法も、案外鬼の使う術が源流にあるのかも知れない。

「……ご先祖さまが、なんで末裔を殺そうとするんだよ」

『無理、からぬこと。私には、魔王様を、守る。尊い使命が、ある』

……【向こう】があと一分と告げてきた。

呪力が枯渇しかけており、もう立っているだけで辛い。

「……なんで魔王なんて守るんだよ」

『それ以外に、何もないからだ』

剣鬼が攻撃してこない。

向こうもまた、首を撥ねられたダメージが体に蓄積されているのだ。

首は繋がっているとはいえ、体力はまだ回復しきってない。

だから攻撃してこないのだろう。

『私は、火影の暗殺者として、生を享け、訓練を積んだ。だが次第に、生き方に疑問を覚えた。この殺人術は、なんのためにあるのかと』

剣鬼の語る内容に、俺は既視感を覚えた。

まさに俺と同じだったからだ。

『私は、意味を求めた。なぜこの世に生まれたのか。この力を、何のために使うのか』

「……で？　それが魔王を守ることと、どう繋がるんだよ」

【影】を通して、【向こう】から通信が入る。

……準備が、整ったらしい。

『意味を求め、私はすべてを殺し続けた。だが、見つからなかった。何も見出せなかった。

……そんな私を、魔王様だけが、拾ってくださり、意味を、与えてくれた』

……ああ、つくづくこいつは俺と同じなのだと思った。

暗殺術に意味を見出そうとし、何のために使うのかわからないままに力を行使した。

そして、誰かのためにその力を使っている。

俺の場合はエステル。

剣鬼の場合は、魔王。

『ヒカゲ。おまえ、も同じ、だろう？　殺人術に、意味を見出そうとした。ゆえに、里を抜けた。違う、か？』

……そうだ。

この人殺しの術を、何かの役に立てたいと思ったから、里の暗殺者をやめたのだ。

『おまえは、私と、同類だ。きっと……手を取り合うことが、できる』

こいつ、あろうことか、俺を勧誘してきているのか?

「……かもな。俺とあんたは、似てるかも知れない」

俺は目を閉じる。

——脳裏に、エステルの笑顔が浮かんだ。

「……けどそれは断る」

目を開ける。

俺は決めたのだ、エステルを、村を守ると。

『そう、か。残念、だ』

剣鬼が落胆の表情を浮かべる。

体力が回復したのか、刀を持って、俺のそばまでやってこようとする。

一歩……二歩……とやつが近づく。

剣鬼が、射程範囲に、入った。

「やれ!　ヴァイパー!」

俺は叫ぶと同時に影に潜る。

剣鬼をつつむ影の結界。

そこから、【影エルフ】のヴァイパーが出現したのだ。
影式神のヴァイパーは、俺と同様、影呪法が使える。
つまり影転移が使えるということだ。
『！　貴様は……ヴァイパー！』
「そう。魔王の右腕。そしてさよなら、左腕」
ヴァイパーは結界の外で魔法の準備をしていたのだ。
結界が魔王城に張られているため、魔法を外から撃つことはできない。
だが俺が城内部に侵入し、中からなら……魔法が使える。
「消えなさい」
ヴァイパーは右手を、剣鬼に向ける。
剣鬼が刀を振ろうとする。
俺は影の中で、触手を伸ばし、剣鬼の動きを封じる。
「【煉獄業火球（ノヴァ・ストライク）】！」
大賢者の手のひらから、小型の火の球ができる。
その火の玉が剣鬼にぶつかる。
影の結界内を一瞬で爆炎が覆（おお）う。
破壊の炎が中にいたものをすべて灰燼（かいじん）に帰（き）す。
……ヴァイパーの最上級魔法を受けても、まだやつはヒトガタを保って生きていた。

文字通りのバケモノだ。

だから……バケモノは、バケモノでしか倒せないんだ。

俺は潜影からの影転移を使って、やつの背後を取る。

影から出た瞬間を見計らい、ヴァイパーが魔法を解除。

体の中に残っている、すべての呪力を使って、刀を作る。

それで剣鬼の首を撥ね、そして体を縦に切る。

刀を、縦横無尽に振る。

『うぉおおおおおおおおおおおおおおおおおおおおおおお！』

刃の嵐が剣鬼の体を粉々にする。

やがてどれくらいの時間が経ったろうか。

……気付けば、剣鬼は塵となって、その場から消えていたのだった。

☆

魔王の間の前にて。

俺は最強剣士【剣鬼】と戦いを繰り広げ、そして勝利を収めた。

「ぜはぁ……！　ハァッ……！　ハァッ……！　ハァッ……！」

俺はその場に倒れ込む。

一歩も動けなかった。

体の中の呪力をすべて振り絞った。

……あと、魔王、そして魔王四天王最後のひとり、ドランクスが残っているというのに。

もう呪力のひとかけらも残っていない。

そうしなければ、俺は剣鬼に勝利することは不可能だったのだ。

すでに体力も底をついていた。

「ご主人様。お見事でございます」

ヴァイパーが影の中から語りかける。

すでに影式神であるヴァイパーを顕現させておくだけの呪力が残っていなかった。

「魔王軍最強を倒すとは……さすがです」

「けど……からだが、ぼろぼろだ」

「呪力が回復するまでの間、影の中に潜んでおくのが先決かと」

そうだな……と俺がうなずいた、そのときだ。

「おーやおやおや。そんなことワタシがさせるわけ、なーいでしょう！」

バサッ……！　と俺の前に、炎の鳥が現れる。

体が燃えたと思った瞬間、そこには赤い髪の女が立っていた。

白衣を着て、メガネをかけている。

「……だれだ？」

「ドランクス！」

　ヴァイパーが焦ったように叫ぶ。

『そうでぇ～す☆　魔王四天王がひとり、不死王ドランクスでっす！　よろしくしくしく～！』

　どうやら魔王四天王、最後のひとりが現れたようだった。

　俺はすばやく、自分の影に手を突っ込んで、中に保存していたものをとりだそうとする。

　ところが、ガッ……！　と俺の腕を踏みつける。

『ふーむふむなるほどなるほど。影喰いを応用してるんだね～。影喰いで完全に消化せず、物体を保存しておくことができるわけか。いやぁほんと、影呪法は応用が利(き)くスキルだな～。ぜひともワタシのコレクションに入れたいね☆』

　腕を踏んづけた状態で言う。

　俺の手から回復薬を奪い、ぽいっと放り投げる。

　薬瓶(くすりびん)が壊れる音がした。

『さってとヒカゲくん。話ししよっか☆』

　目の前にしゃがみ込む。ニコニコ～と上機嫌そうに笑う。

「消え失せろ狂科学者(マッドサイエンティスト)！　ご主人様に手を出してみろ！　消し炭にしてやる！」

『おーこっわ。まあやれるもんならやってみることだね』

　ヴァイパーが悔(くや)しそうに歯がみする。

　呪力がない以上、こいつを召喚できない。

その一方で、俺は冷静だった。

……負けたんだ。俺は。

なぜなら俺は呪力・体力ともに切れている。

その状態で、魔王四天王ドランクスに勝てるわけがなかった。

「……俺を、殺すのか？」

『冗談言ってもらっちゃこまるよ！　そんなおしいことするわけないじゃないか！』

ドランクスが目をギラギラさせる。

『ワタシはね、取引をしに来たの』

「……取引、だと？」

『そ。ワタシの願いを聞いてくれない？　そしたら君の願いを叶えてあげようと思ってね』

科学者は立ち上がる。

俺の目の前で、シュッ……！　と手を高速で動かす。

ボトッ！　とドランクスの片手が落ちる。

「……何やってるんだおまえ？」

『まあ見てなって。あせんなよ』

ドランクスの手が……元通りになっていたのだ。

消えた部分から、新しい手が生えたのである。

『ワタシは不死鳥。見てのとおり不死身なわけさ』

「……俺におまえが倒せないっていいたいのか？」

『ちーがうって』

ドランクスが首を振って言う。

『不死鳥の血には物体を完全回復させる能力がある。つまりどういうことか？』

「……条件をのめば、おまえの血を俺が飲んで、体力を完全回復できる」

万全の状態で、魔王と戦えるというわけだ。

『ごめーとー！　いやぁ察しが良くって助かるよ。どうどうっ？　魅力的な提案だと思わない？　ワタシの些細なお願いをちょ〜〜〜〜っと聞いてくれるだけで、きみは魔王を倒せるんだ！　やったね！　エステルちゃんも喜んでくれるよ〜きっと〜』

「……回復したところで、お前が俺を殺す可能性はあるだろ？」

『ないない。ワタシ戦うのちょー苦手。野蛮だもんね』

……この女の言ってることが本当ならば。

俺は体力を回復し、万全の状態で、最終決戦に挑める。

だがこいつが、本当に条件をのむとは思えなかった。

『疑り深いな〜。ま、じゃあ時間制限を設けよう』

ドランクスがにまにまと笑いながら、自分の懐から、何かを取り出す。

『じゃーん☆　これなーんだ？』

「……腕？」

『そー！　さてじゃあこの腕、いったい誰の腕でしょーか？』

ドランクスが実に楽しそうに、手に持った【誰か】の腕をかかげる。

『これ剣鬼ちゃんの腕ね。あいつが君に粉々にされるまえに、ワタシが盗んだわけ☆』

俺の中で嫌な予感が広がる。

再生持ちの不死鳥。そして、死体の一部。まさか……。

ドランクスが剣鬼の腕を、地面に置き、自分の腕を深く切る。

大量の不死鳥の血が、剣鬼の体の一部に注がれる。

腕から剣鬼の体が再生される。

いや、前よりも剣鬼の体は、二周りくらい大きくなっていた。

『あーりゃりゃ。血を分けすぎたな～。過剰に細胞が増殖しちゃってるよ、まいったね』

全然参ってなさそうに、ドランクスが言う。

『大変だよヒカゲくん！　剣鬼はワタシの血を浴びまくって前よりも強い最強を超える存在となってしまった！　このままでは君はあっさり死んでしまうだろう！』

『GUROOOOOOOOOOOOOOOOOOOOO！』

変わり果てた姿の剣鬼が叫ぶ。

身体能力は上昇しているようだが、知性は著しく低下しているようである。

『で？　どうする？　ワタシの提案をのむ？』

「……条件を言え」

この際、四の五の言ってられない。

今ここで回復しないと、剣鬼を倒せない。

『簡単さ。君の最後の技を見せて欲しいんだ』

「……影呪法の、【終の型】のことか？」

『そそっ。ワタシさ～。きみの中の【霊獣】にすっっごく興味あるわけ！』

らんらんと輝く目で、ドランクスが俺を見て言う。

……最悪だ。

「……自爆の技だって知らないのか？」

『あっはっは☆　そんなの知ってるに決まってるだろ～？』

にやっと笑うドランクス。

『大丈夫。君が霊獣に意識を乗っ取られてしまった後、ワタシが可愛がってあげるよ。こう見えて調教は得意なんだ』

「……カス野郎が」

『はいはい。んでどーすんの？　飲むの？　飲まないの？』

剣鬼がどんどんと巨大化していく。

これ以上、やつに力をつけられる前に、殺さないと。

「…………」

【黒獣】を使うためには、ある程度の呪力が必要となる。

今の呪力０状態では、【終(つい)の型】を使えない。

『どうする？』

「……ぜひもないだろ」

俺がどうなろうと関係ない。

最終的に、俺が敵を倒して、エステルが無事であれば、それでいい。

「……飲ませろ」

『きひっ……！　きひひっ！　仰(おお)せのままに』

ドランクスが俺の口の前に、腕を持ってくる。

ぽた……っと少量の血が、俺の口に入る。

……体に、呪力が宿る。

だが【黒獣化】を使うぶんだけの、最低限の呪力だけだ。

器用なやつだ。

『さぁ見せてくれよ☆　火影という希少種が持つという、【霊獣化】の呪法をさ！』

ヴァイパーが影の中で、やめろと叫んでいる。

だがこの中途半端に呪力が回復した状態では、剣鬼と、そして魔王には勝てない。

……ドランクスが約束を守るやつかはわからない。

だがそれは関係なかった。やつらを倒すには……これしかないのだ。

……俺は、手印を組む。

「一」

まずは影呪法、一の型【織影】の印を。

「二」

影呪法、二の型【潜影】の印を。

「三、四」

三の型【幻影】。四の型【影喰い】の印を。

……影呪法十の型は、影呪法一～九までの型を、すべて、同時に出す必要がある。

「五、六、七、八、九、十」

【影式神】、【影真似】、【影繰り】、【影転移】、【影探知】。

……そして、最後の印。十の型。

「布留部、由良由良止、布留部」

……俺がまじないの言葉を吐く。

すると体の中で、【やつ】がうごめきだす。

「黒獣よ、死の眠りから、目を覚ませ」

俺の呪力を吸って、体内の【黒獣】がうごめき出す。

意識が……どんどんと黒く塗りつぶされる。

「影呪法、終の型……【月影黒獣狂化】」

その瞬間、俺の影が、間歇泉のように噴き出して、体を包み込む。

徐々に、感覚を失っていく。

音が聞こえなくなる。

立っている感覚が消える。血のにおいを感じなくなる。

血の味を感じなくなる。

影が俺の体をむしばんでいくと同時に、五感が消えていく。

やがて俺の精神と肉体が、完全に分断された。

視覚以外の五感を、すべてなくす。

「――――――！」

俺【だった】ものが、何事かを叫んでいる。

体の自由は、すでにない。

閉じ込めていた【黒獣】が、完全に解き放たれたのだ。

終(つい)の型【月影黒獣狂化】。

術者の存在を代償に、黒い獣を、この世に呼び起こす術式だ。

……もう俺には自分を制御できない。

死ぬその瞬間まで……すべてを葬(ほうむ)り去る。

凶暴な死の獣になる。

【黒獣】となった俺に、剣鬼が気付く。

すでに以前の三倍くらいの大きさの、大鬼(オーガ)になっていた。

大鬼は恐ろしい速度で俺に近づくと、右腕を振り下ろす。
やつの巨大な腕が、俺の頭を潰そうとする。
ずぉっ……！　と、剣鬼の腕が、俺を通り抜けた。
黒き影の獣となった俺は、存在自体が影そのもの。
敵の攻撃は、いっさい当たらない。影に攻撃が当たらないと同様に。
「────────！」
俺が叫びながら、剣鬼に突進。
右腕が伸びる。大きくなる。織影を無意識に使っている。
この状態となった俺は、影呪法を無制限に、自在に使えるのだ。
伸びた獣の腕が、剣鬼の肩をえぐる。
……影の獣は相手の攻撃がいっさい通らない。しかし俺からの攻撃は当たる。
……なんたる馬鹿げた性能だ。
もし黒獣化をコントロール下におけるのなら、それこそ俺は地上最強となるだろう。
敵の攻撃が通らず、こちらからの攻撃が当たるなんて、反則すぎる。
……もっとも、もう関係ない。
黒獣に俺の体は取られてしまったのだ。
もう俺は、自分が敵を殺し続ける様を、傍観（ぼうかん）するしかない。
剣鬼が巨腕を振り上げる。

……ああでも、がら空きの胴体に、一撃食らわせられるじゃないか。
バカだなこの黒獣は。
ああ、ほんと……黒獣の状態のまま、自分の意思で攻撃できたら。
と思っていた、そのときだ。
俺の右腕が、伸びた。
そしてがら空きの、剣鬼の胴体に、右腕が突き刺さる。
……どうなってるんだ？
まるで自分の意思で、黒獣となった【俺】をコントロールしたみたいじゃないか。
「ご主人様っ！」
……聴覚を失っているはず。
脳裏(のうり)に、ヴァイパーの声が、響いた。
「わたくしはあなたを……絶対に死なせません！」

☆

魔王の間の前。
暴走する元剣鬼と、黒獣となった俺が対峙(たいじ)する。
俺は黒獣の腕を振る。

攻撃しようとしてきた剣鬼の両腕が、ガォンッ……！　と削り取られる。

「影喰いを使ってらっしゃるのですね」

脳裏にヴァイパーの声が響く。

……コントロールできているのは、この大賢者のおかげなのだろうか。

「右腕で触れただけで影喰いが発動し、剣鬼の腕を喰らったと」

今この状態だと、俺が思うだけで、自在に影呪法が使える。

……というか、ヴァイパー。

『はいなんでしょう？』

……どうして俺は、自分の意思で体を動かせているんだ？

「わたくしが影繰りで、ご主人様をコントロールしているからです。右をご覧ください」

見やるとそこには、大賢者ヴァイパーがいた。

その手からは影の糸が伸び、俺の体についている。

影繰りは影の糸で相手とリンクし、思うまま動かす影呪法だ。

……そうか。式神であるおまえは、俺と同様、影呪法が使えるんだったな。

「五感共有スキルでご主人様の意識と繋がることができるため、ご主人様の意をくんで、わたくしが影繰りを使い、ご主人様の体を動かすことができます」

間接的にだが、俺は自分の意思で、黒獣の体をあやつれるのか？

……なんてことだ。

使ったら自分の意思で体が動かせなくなる、自爆の術式。

それをこんな方法で、あっさりと解決できるとは。

「誰でも可能ではありません、使えるのは大賢者を取り込んだあなただけです」

五感共有スキルがないと間接的コントロールはできない。

それに影繰りは、術者の強さによって、操れるもののランクが決まる。

黒獣を操れるほどの強さを持ち、なおかつ影呪法を使えるのは、影エルフとなった大賢者ただひとりだ。

「あとでご褒美をいただけますか？」

ああ、思う存分、踏んづけて罵倒してやるよ。

「では、さっさと敵を排除しましょう！」

肉の塊として、肥大化した剣鬼が体中から手と、そして刀をはやしていた。

俺は体をかがめ、獣のように両手足をつく。

黒獣のしっぽが伸びる。

一本だったそれは、二本、三本と増えやがて十本の影の尾となった。

俺は飛び上がり、体を縦に回転させる。

影しっぽが、まるで巨大な手のように広がり……。

ガォンッ……！

影の尾が剣鬼の体を、斜めに削り取る。

見上げるほどの巨体だったそれが、いっきに半分近くまで、肉体が削られる。

剣鬼の体がふたつに分断される。

……あとは苦痛なく眠らせてやろう。

今度は十本の尾を、五本ずつに左右に分ける。

尾を両手のようにして広げる。

そして手のひらで包み込むように、剣鬼の亡骸(なきがら)を、影の尾で覆(おお)う。

影喰いが無意識に発動し、尾に剣鬼が取り込まれた。

あとには、何も残ってはいなかった。

「剣鬼を完全に取り込みました」

強敵を、こうもあっさりと倒せるなんて。黒獣、恐るべしだな。

ヴァイパー。元に戻ることは可能か?

「無論です。わたくしは封印魔法を所有しております」

大賢者は莫大(ばくだい)な量の呪力、および大量の魔法を使えるらしい。

その中の一つに、力を封じる魔法があるという。

剣鬼を喰らって呪力回復したヴァイパーが、封印の魔法を発動させる。

ざぁぁあ………と、俺の体を覆っていた黒い影が、消えていく。

影が剝(は)がれ、その下から、俺の体が出てきた。

失っていた自分の五感が元に戻る。

あとには、元通りの、焔群ヒカゲが立っていた。

「……生きてる、よな？」

となりに立つヴァイパーに尋ねる。

「ええ。ご主人様……お帰りなさいませ」

ヴァイパーが微笑んで、お辞儀をする。

安堵のあまり、俺はその場にへたり込んだ。

「良かった……俺……また……帰ってこられた……」

死ぬ覚悟を決めて技を使った。

けど本当のことを言えば、怖くて仕方なかったのだ。

もう、二度とエステルに会えなくなることが、である。

「……ありがとうな、ヴァイパー。おまえがいなかったら……やばかった」

俺は立ち上がって、しっかり頭を下げる。

「もったいなきお言葉」

こいつがいなかったら今頃、俺は黒獣として、死ぬまで暴走しまくっていただろう。

『いやぁ！　すごいよヒカゲくーん！』

甲高い声がした。

みやるとそこには、赤髪の科学者が、こちらにかけてくる。

『すごい！　すごいよ君の黒獣は‼』

ガシッ……！　と魔王四天王ドランクスが、俺の腕を掴む。

『攻撃完全無効化！　さらに常時影喰い発動！　すごすぎるよきみ――――――！』

大興奮で、ドランクスが言う。

『しかも大賢者の【能力全封印】を使うことで、黒獣化を解除することができるだって!?　自爆覚悟の必殺最終奥義が何回でも使えるとか！　それチートだよおいおいお――――い！』

ばしばしばし！　とドランクスが俺の肩をたたく。

「どうでもいいですがドランクス。あなた今、窮地に立たされているとお気づき？」

ヴァイパーが魔王四天王をにらんで言う。

『そりゃもっちろん。最強の能力を使えるようになったヒカゲくんと大賢者。それに対して攻撃力ほぼ皆無なワタシ。いやぁ！　絶体絶命だねぇ！　まいったねぇ！』

……全然参ってるようには、見えなかった。

『ま、今の君、呪力がからっけつだから、黒獣化は使えないけどね』

「……ああ。だからさっさと血をよこせ」

黒獣化には思った以上に呪力が必要となるみたいだ。

不死王ドランクスに回復してもらった呪力が、一分も経たずにゼロだ。

『良いよぉ！　最高のデータが取れたんだ！　血でもなんでも持ってけ泥棒！』

ドランクスが自分の手首を切る。

ドバッと噴き出た不死鳥の血を、俺は手で掬って飲む。

……呪力が完全回復した。

体の傷も、疲労さえも、回復していた。

『んじゃワタシはこれでお暇しますわ。良いデータが取れたからね！』

「……逃がすとでも思ってるのか？」

俺は手印を組もうとする。

『いいや。見逃がしてもらえるとは思ってないよ。まっ、逃げるけどね』

そう言うと、パチンッ！　とドランクスが指を鳴らす。

すると不死王の体が、ボッ……！　と燃えた。

一瞬で、ドランクスの体が灰になる。

あとには……何も残っていなかった。

『楽しい実験に付き合ってくれたお礼に、君に良いことを教えてあげよう！』

ドランクスの声が、どこかから聞こえてくる。

「おそらくは先ほどのドランクスは、本体ではなかったのでしょう。不死王は体の一部から分身を作り出せるので」

切り取った体の一部を再生させて、本体を作るわけか。

……狡猾なやつだ。

「……良いことってなんだ？」

『魔王の部屋いってみ？　空っぽだから』

……ヴァイパーを連れて、魔王の間の扉を開けた。

荘厳な造りの部屋、長く伸びた赤絨毯の先に玉座がある。

玉座は……空だった。

『うちのボスさ～。すげえ臆病もんなの。いつも引きこもって部下をこきつかってるのね』

ドランクスの声が、またどこからか聞こえてくる。

『んでね、魔王軍最強の剣鬼のもとに、ヒカゲくんが到着した時点で、城を捨てて逃げたんだよ。臣下を捨てて逃げるとか、ほーんと卑怯なやつだぜまったくよぉ』

ドランクスが饒舌に、魔王をディスってるんだが……。

『つーわけで君の倒したいと思っていた魔王様は逃亡。残念だね～。かわいそうだね～。エステルちゃんは一生氷漬け確定だよ～』

……むかつく女だ。

だが俺は焦っていなかった。

「……奈落の森に、いったん帰るぞ」

影転移を発動し森に残していた、影式神のもとへと、一瞬で転移。

神社の中に俺はひとり立つ。

「何をなさるおつもりですか？」

「……魔王を見つける」

「ま、まさか⁉」

ヴァイパーが驚愕の表情を浮かべる。

「ご、ご主人様。それは無理です。先ほどから魔力探知スキルを使って魔王を探しています。ですが、魔王は魔力を遮断する特別なスキルを使っているようで、発見は無理です」

どうやら大賢者には、魔力を感じ取るスキルがあるそうだ。

「……そうか。けど、俺にはできる」

「ど、どうやって？」

「黒獣化するぞ。コントロールを頼む」

【月影黒獣狂化】で黒い獣になる。

奈落の森から、呪力を吸い上げる。

森の無制限の魔力を吸い、影の尾を大量に生み出す。

何十……何百……何千……何万……。

数え切れないほどの影の尾が辺り一面に広がる。

影喰いは発動しないよう、切っておく。

影の尾がどんどん増殖し、どんどん大きくなって、この地表を覆っていく。

「そ、そうか！　影の尾でこの星の表面を覆うのですね！」

『ほーほー！　なるほどぉ！　ヒカゲくんの尾は影そのもの！　影の尾で星の表面を覆えば、影探知で魔王の場所を特定できるってわけだね！』

影探知は俺の影に触れている物体の気配を察知するスキルだ。

こうして、影の尾でこの星を包み込めば……。

星全体が俺の影に触れていることになる。

無数の尾は地上を這いずり回り、そして……見つけた。

影の尾が魔王の居場所を突き止めた。

すぐさま尾を解除する。

魔王は魔族国から逃亡するつもりらしい。

「……そうは、させるか」

俺は獣のように、両手足を地面につける。

そして……勢いよく、飛び出した。

黒い獣が、すさまじいスピードで飛んでいく。

弾丸となった俺が、一直線に魔王を目指していく。

その途中、山脈やら建物やらがあったが、すべて【影喰い】で削り取る。

黒獣は触れただけで影喰いを使うことができる。

途中の障害物を、こうして削り取りながら一直線に、魔王の元へと飛ぶ。

進路に魔族たちがいる。

なにせ魔族国の中だからな。

だが関係なく、俺は影喰いで喰らっていく。

土地も、建物も、魔族たちも影喰いで呑み込み、削りながら、前へ前へと進む。

漆黒の死の風が、魔族国に吹く。

やがておめおめと逃げる人影があった。

そいつは青い顔で、こちらを振り返る。

「やつが魔王です」

ヴァイパーの一言。

標的を魔王にさだめ、そのまま一気に特攻。

『き、貴様これで終わりだと思うなよ！　わしの他に――』

魔王が、何かをいう間に黒獣が、魔王を覆う。

黒い風となった俺が、魔王を呑み込む。

両手足を使ってブレーキを踏む。

……振り返ると、そこには。

一直線上に地面が削られていた。

魔族国の地面も、建物も、全部呑み込み。

そして……魔王さえも、呑み込んだ。

ヴァイパーに封印魔法を使わせ、黒獣化を解除する。

「……終わったな」

「ええ。魔王は、黒獣となったご主人様が、丸呑みにしました。魔王の呪毒は解除されました」

……そうか、と俺は安堵の吐息をつく。

そしてまた黒獣化する。

この姿だと、身体能力が普段よりも強化されるようだ。

でなければ、この長距離を、風のように駆け抜けることはできなかっただろう。

……帰るか。

「ええ。皆の待つ、あの村に帰りましょう」

☆

暴走した剣鬼を倒し、魔王を呑み込んだ後。

影転移を使って、奈落の森にある神社へと帰還した。

「…………」

ついた瞬間、俺は社へと急ぐ。

がらっ、と社の扉を開ける。

「ヒカゲ様！」

そこにはハーフエルフ・ミファがいた。

エステルを心配して、神社の方へ来ていたようだ。

ちなみに勇者パーティたちは、村で看病をされている。

あの三人もエステル同様、魔王の呪毒を受けていた。

毒は解除されているはずである。

「魔王を……倒したということですね」

ミファはどうやら、エリィからある程度事情を聞かされているらしい。

「……ああ。ちゃんと殺したよ」

「そう……ですか……良かった……」

ぽた……ぽた……とミファが涙を流す。

「ヒカゲ様。……ありがとう、ございます」

ペコッ、と頭を下げる。

「これで平穏無事に過ごすことができます。本当に、ありがとうございました」

「……気にすんな。俺がしたくてしたことだからな」

礼を言われるほどのことはしてない。

究極的に言えば、エステルを、俺の好きな女の子を助けるために動いただけだ。

「……姉さまは、しあわせものです。素敵な殿方に愛されて……うらやましい」

え？　と俺は驚く。

「……な、なんで俺がエステル好きなこと知ってるんだ？」

「女の……勘です」

ミファはなんだかすねているようだ。

「ヒカゲ様は、姉さまが好きなんですね」

じっとミファが俺を見上げる。

「……まあな」

「…………」

ミファは顔を上げると、俺の頬に手をやる。

そのまま顔を近づけて……チュッ♡　と俺の唇に、キスをした。

「わ、わたし……あきらめませんっ！　たとえ今、ヒカゲ様が姉さまひとすじだったとしても、ぜったいあきらめませんからっ！」

ミファが耳をピコピコとせわしなく動かしながら言う。

「その……とりあえず、後でな」

さて、俺たちは気を取り直して、氷の棺へと向かう。

中には氷漬けになった、金髪の美少女がいる。

エステル。

俺の大事な人。守りたい、大切な存在。

呪毒を受けてしまったエステルは、氷漬けになることで、死を免れている状態であった。

魔王を倒したことで呪毒は解除されている。

「……ヴァイパー。魔法を、解け」

パシャッ……！　と、氷の棺が、一瞬で水に変わった。

彼女が地面に、仰向けに倒れる。

「エステルっ！」「姉さま！」

俺たちは眠るエステルに駆け寄る。

彼女の体を、俺は抱き起こす。

……その肌は、冷たかった。

「生きてます……よね⁉　生きてますよね⁉」

ミファが青い顔で尋ねる。

俺はうなずく。

ヴァイパーは、変態だが、信用できるやつだ。

「ん、んんぅ～……」

エステルが徐々に、目を開け、翡翠の目に光が戻る。

「ふぁぁ～～～………………。くちゅんっ！」

エステルがあくびをした……と思ったら、くしゃみをした。

……良かった。

「エステル！」

「わっぷ！　ひ、ひかげくんっ？」

俺はエステルの体に抱きつく。

冷たいが……柔らかく、そしてちゃんと脈打っている。生きてる。

「姉さま！」

ミファもエステルにハグをする。

「いやぁ、お姉ちゃん人気者だなぁ」

エステルが、微笑（ほほえ）みを浮かべる。

……俺の愛したエステルが、無事でいてくれた。

そのことが、何よりもうれしかった。

「良かった……エステル。無事で」

「も、もぉ、大げさだなみんな。お姉ちゃんは平気ですよ」

エステルが明るい笑みを浮かべる。

……この人が、無理して笑ってるように思えた。

「エステル……」

俺は彼女に、正面から強く抱きつく。

「無理すんなって……」

「ひかげくん……」

この人は、誰よりも優しい人だということを知っている。

俺が気にしないよう、無理して明るく笑ってくれているということを。

ミファと立ち上がる。

「姉さま。また後で」

そう言って、社を出ていく。

あとには俺とエステルだけが残される。

「……ひかげくん。あのね。お姉ちゃんね、信じてたよ？」

エステルが俺の頭を撫でる。

優しい手つきだ。

そうやって撫でられていると、体が溶けてしまいそうなほどの安心感を覚える。

「……ひかげくんなら、絶対に助けてくれるって。だから全然怖くなかった」

「……無理しなくて良いって。怖かったんだろ、毒を受けて、氷漬けになってさ」

いくら俺を信じているっていっても、さすがに恐怖を感じてしまうだろう。

「…………」

エステルは俺の頭を撫でた。

「ううん。そんなことないさ。お姉ちゃん、ぜーんぜん怖くなかったよ！」

エステルが抱擁を緩め、ニコッと笑った。

「さっきも言ったでしょう？　ひかげくんを信じてるって。うちの弟が最強だって、お姉ちゃん心から信じてたもの」

ぽわぽわと明るい笑みを浮かべる。

……先ほどまでの、無理に笑う姿はなかった。

本当は、怖かったんだろう。

でも肯定すれば、俺が怖い思いをさせた、と負い目を感じさせてしまう。

だから大丈夫だと言っているのだろう。

……強い人だ。

強くて優しいこの人が……俺は好きだ。

「……本当に、無事で良かった」

「それはこっちのセリフだよ」

エステルは微笑むと、俺の頭をむぎゅっと抱きしめる。

顔に、彼女のふくよかな胸が当たる。

温かくて、良い匂(にお)いがする……心から、安心できる。

「無事に……帰ってきてくれて、本当にうれしかった」

……その言葉は、俺が彼女に言いたい言葉とすべて同じだった。

そのことをエステルに伝えると、彼女は笑う。

「これは相思相愛ってやつだね♡　なーんちゃって♡」

そ、相思相愛。

つ、つまり？　え、つまり……？　え、そういうことなのか？

触れている彼女の胸の奥では、どくどくと、心臓が早鐘のように脈打っている。

「ま、まったくひかげくんはおかしなことを言うもんだ。まったくまったく……」

きょろきょろと目線をせわしなく動かすエステル。

こほんっ、と咳払(せきばら)いをして言う。

「とにかく、お姉ちゃんも村のみんなも、エリィちゃんたちも全員無事ね」

エステルは再度、俺の頭を強く抱きしめる。

「それもこれもひかげくん、全部きみのおかげだよ。ありがとう」

彼女の声に、涙が混じる。

感極まって泣いているのだろうか。

俺もまた、途方もない達成感に包まれていた。

大切な人を守れて、良かったと……。

「エステル。俺は……おまえが好きだ」

改めて彼女に言う。

微笑むと……俺の頬を手で包む。

エステルが目を閉じて、唇を近づけてくる。

目を閉じて、彼女とふれ合う。

……口づけをかわす。

お互いがお互いを求めるような、愛しいもの同士がするような、そんなキス。

俺たちは抱き合って、いつまでも、唇を重ね続けるのだった。

終章

エステルの毒を、無事解毒することに成功した、その数日後。
エリィたち勇者パーティを連れて、森の外へ送り届けた。
さっさと帰ろうとしたが、エリィに引き留められた。
今回の功績を、国王に報告するのだという。
固辞しようとした、ちょうどそのとき。
国王が数人の部下を連れて、森の入り口までやってきていたのだ。
どうやらエリィからすでに報告を受けているらしい。
英雄王は俺を見るなり、深々と頭を下げた。
そして報告を兼ねて、ぜひ王都に来てくれと招待された。
断るのも悪いと思って、結局王都へ向かった。
馬車に揺られ王都に到着。
まだ国民たちは、魔王が討伐(とうばつ)されたことを知らないらしい。
街の人たちはみな、どこか不安げな表情をしていた。
俺たちは英雄王に連れられ、王城へとやってきた。

王の私室にて。

俺は今回の顚末を語った。

・魔王を討伐した。

・魔王四天王も、ドランクス以外倒した。

・黒獣となって、魔族国に壊滅的なダメージを与えた。

国王は再び俺に感謝し、この後の待遇の話をされた。

俺には魔王を倒した英雄の地位と名誉を与えられることになりかけた。

……だが、俺はそれを辞退した。

英雄王がくれるという報酬も、いらないと断った。

「ヒカゲ。さすがにそれはできないよ」

ソファに座る俺とエリィ、そして英雄王。

「そうですよ。あなたが魔王を倒したのです。地位も名誉も、もらわないと困ります」

うんうん、と英雄王とエリィがうなずく。

「……俺は別に、国のために魔王を倒したわけじゃない」

あくまでエステルを魔王の呪毒から解放するために、魔王を倒しただけだ。

「……手柄はエリィたちにあげてください」

「いや……それはさすがになぁ……」

英雄王が困っていた。

「……地位も名誉もいらない。欲しいものは……もう手にしたから」

俺は目を閉じる。

脳裏に浮かぶのは、笑顔の美少女の姿だ。

「ふぅむ……なるほどなぁ……そっか」

英雄王がにかっと笑う。

「わかった。そこまで言うなら、手柄はエリィたちのものとしよう」

「英雄王ッ⁉」

ガタッ！　とエリィが慌てて立ち上がる。

「ど、どうして⁉　どうして引き下がるのですか⁉」

「落ち着けエリィ。ヒカゲは見つけたんだよ。本当に大切なものが。……それは地位や名誉なんかより、よっぽど大切なもんなんだよな？」

「……は、はい」

この人どうしたんだ？

嫌にあっさり考えを変えたな……。

「言っただろ？　俺は目が良いんだ。おまえが脳裏に浮かべたキレイな少女が、おまえの大事な人なんだろ？」

この人……そこまで見抜けるのか。

目といったが。魔眼でももっているのだろうか。

俺は気を静めて言う。

「……俺はあの森で平穏に過ごせればそれでいいんです」

もしかりに俺が魔王を倒した英雄となってしまったら、あの森に注目が集まってしまう。

邪血の少女の存在が、公になってしまうかも知れない。

それは避けたい。

「ヒカゲさん……本当に良いのですか?」

エリィが不安げに言う。

「……ああ」

「地位や名誉やお金よりも、エステルさんの方が大事、なんですね」

切なそうにエリィがつぶやく。

俺がうなずくと……彼女はグス……っと泣いた。

な、なんで泣いてるんだ?

「エリィ。泣くな。失恋は誰にだってある」

「は、はい……」

英雄王がエリィにハンカチを差し出す。

そして彼女の頭を撫でる。

「ちょっと外の空気を吸って落ち着いてきなさい」

英雄王が助け船を出してくれた。

エリィは俺に名残(なごり)惜しい目線を残した後、素直にうなずいて、部屋を出ていく。

後には俺と英雄王だけが残された。

「さて。長く引き留めて悪かったな。帰りたいんだろ？」

俺は目をむく。

「言っただろ、俺は目が良いんだ」

くつくつと笑う英雄王。

彼は真面目(まじめ)な顔になると、すっ……と再び頭を下げた。

「ヒカゲ。ありがとう。魔王を倒してくれたこと、国を代表して心からお礼を申し上げる」

この国のトップに深々と頭を下げられてしまった。

「い、いやいいですってほんと」

「くどいようだが本当にエリィたちに手柄を譲(ゆず)って良いのか？」

俺はうなずく。

「そっか……じゃあ、これだけはもらっていってくれ」

残念そうな表情の英雄王は懐(ふところ)から、銀の懐中時計を取り出した。

「これは俺からの個人的なプレゼントだ」

ピカピカの純銀製の時計だ。

表面はつるりとしている。特に模様とかない、普通の懐中時計だ。

まあ、これくらいなら受け取っても良いか。

「時計がないと不便だろう？」

「……ありがとうございます」

そう言って、俺は英雄王から懐中時計を受け取った。

「それを俺だと思って大事にしてくれると嬉しいな」

「……わかりました」

「ところでヒカゲ。ビズリーの件だが……」

俺はビズリーに対しては、ありのままを報告した。

英雄王は何度も、臣下が迷惑をかけたと言って謝罪してきた。

そのとき一瞬、この偉い人の目に涙が浮かんでいたような気がする。

……ビズリーが死んで悲しかったのだろうか。

「その後の消息は、こちらで辿るから、気にしないでくれ」

「……英雄王は、ビズリーが生きてると思っているんですか？」

俺の問いかけに、国王はうなずいた。

「ああ。生きてる。必ず見つけるさ」

正直ビズリーに対しては、良い感情を持ち合わせていない。

なぜなら俺の大事な人を、傷つけたからだ。あと一歩でエステルは死ぬところだった。

許せるわけがなかった。

「本当にすまなかった。ビズリーに代わって、俺が謝罪する」

またも国王が頭を下げる。

何度もこの国のトップに頭を下げさせていることが、申し訳ないことこの上なかった。

「……もういいです。俺はあいつと二度と関わらないので」

報告も済ませた俺は、エリィが帰ってくる前に退散することとした。

影鷲馬(ヒポグリフ)を窓の外に出し、窓を飛び越えて、その背中にまたがる。

「ヒカゲ。ありがとう」

英雄王が俺に近づいてくる。

「きみは……魔王を倒した真の英雄……いや、違うな」

微笑(ほほえ)んで言い直す。

「魔王を討伐せし【影の英雄】……ヒカゲ。俺はきみの功績を、忘れないよ」

俺は気恥ずかしくなって、頬(ほお)をかく。

「……それじゃあ」

英雄王が笑顔でうなずく。

あいさつをして、影鷲馬を飛ばす。

……存外、時間がかかってしまった。

まっすぐに奈落の森(アビス・ウッド)を目指す。

森に入ると、影探知(かげたんち)を使ってエステルの居場所を探す。

……俺の住処(すみか)である神社にいるようだ。

すぐにそこへと影転移（かげてんい）。

「…………」

エステルは、神社の入り口の前に座り、眠っていた。

隣に座ってしばし、彼女の寝顔を見つめる。

ややあって、目を覚ます。

「あ、ひかげくん！」

ぱぁ……！　とエステルが笑顔を浮かべる。

「おかえりっ。早かったわね」

「……ああ。まあそんなにすることなかったからな」

面倒ごとは全部、エリィたちに押しつけたしな。

申し訳なかったとは思うが、代わりに俺が魔王を倒したんだ。

それくらいはやってもらいたい。

「そっか。じゃあやるべきことは終わったんだね」

「……ああ。これで、一段落だ」

エステルが立ち上がる。

「んっ」

といって、右手を差し出してきた。

「かえろ？　みんなのいる村に」

俺は……うなずいて、彼女の手を取る。

ふにふにしていて、柔らかい。

ちょっと強く握っただけで、つぶれてしまいそうなほど、儚かった。

……だからこそ俺はこの人を、この先一生をかけて、守っていくんだ。

「ふふっ」

村に向かって歩きながら、エステルが楽しそうに笑う。

「ひかげくん。いい顔になったね」

「……そう、かな？」

「そうだよ。前はむずかしーい顔してたよ。けど今は……晴れ晴れしてる」

エステルはニコッと笑って言った。

「見つけたんだね。やりたいこと」

「……ああ」

俺は立ち止まる。

エステルの目をまっすぐに見て言う。

「俺は守るよ。恋人である……おまえのことを。一生」

「ふぇぁっ！」

と顔を真っ赤にして、素っ頓狂な声を上げる。

「も、もうっ！　改めて言わないで！　は、恥ずかしい……」

わたわたと動揺するエステル。

「といいますかねっ！　ひかげくんは気が早いのでは？」

「……どういうことだ？」

エステルはこほんっ、と咳払いする。

「お姉ちゃんはまだ、ひかげくんに好きだと返事を……わー！　うそうそ！　うそだよ大好き！　だからそんな悲しい顔しないで！」

エステルが慌てて、俺を正面からハグする。

そ、そっか……うそか。良かった……。

「ひかげくんは冗談が通じないね」

「……心臓に悪い冗談言わないでくれ」

「りょーかい♡　さて……と」

エステルは微笑むと、俺の唇に、自分の唇を重ねる。

軽めのキスを終え、エステルが言った。

「大好き。付き合って……じゃないな」

エステルが、大輪の花のような、明るい笑みを浮かべて言った。

「お姉ちゃんや村のみんなを……しあわせにしてっ！」

彼女のお願いに、俺は一も二もなくうなずく。

俺の心はすでに決まっている。

大好きな人のいる、この村で。
一生をかけて、彼女たちを守っていこうと。
……かつて俺は、生きる目標を失っていた。
生きる意味がわからなかった。
けれど……今は違う。
はっきり言える。俺にとっての、生きる意味が何かって。
やっと見つけた、この生きる意味を、俺は大事に持っておこう。
「……帰るか、みんなんとこに」
「うん！　みんな喜ぶよー！　今夜はうたげだねっ！」
俺はエステルと手をつないで、村へと向かう道を歩く。
やがて村の入り口が見えてきた。
ミファやサクヤ。
ＳＤＣのメンバーや、それ以外の村人たちがいる。
みんなが俺の帰りを待ってくれていた。
以前の俺なら、逃げていたかも知れない。
だが今は、あの村に行くことに、そこまで抵抗を覚えていない。
「みんなー！　ひかげくんが帰ってきたよー！」
エステルが手を離し、村人たちのもとへ行く。

くるっと振り返って、彼女は言った。

村人たちが、声をそろえて、笑顔で。

「「おかえりなさいッ！」」

彼女たちの笑顔を見て、俺は笑う。

ああ、いつぶりだろうか。

人前で、心から、笑ったのって……。

何年？

いや、下手（へた）したら生まれて初めてかも知れない。

純粋な笑みを浮かべて、こう言った。

「ただいま！」

あとがき～Preface～

初めまして、茨木野（いばらきの）と申します。

このたびは『影使いの最強暗殺者』をお手にとってくださり、誠にありがとうございます！

■作品について
この作品は【小説家になろう】に投稿していた作品です。

２０１９年夏頃に連載を開始。

２０２０年初めに集英社ＷＥＢ小説大賞に応募。

同年９月に銀賞を受賞させていただき、改稿改題の上、出版される運びになりました。

■書き終えた感想
まさか自分の作品が、子供の頃から読んでいるライトノベルレーベル様から、出版されるとは……と感慨（かんがい）深く思いました。

最初に読んだ作品は『テイルズ　オブ』シリーズのノベライズ版でした（その頃レーベル名はまだスーパーダッシュ文庫様でしたが）。

高校の図書館に『デスティニー２』が全巻おいてあって、夢中で読んでました。

ゲームの中では『テイルズ　オブ』シリーズが一番好きで、今でもゲームやったり、それこそノベライズ版を何度も読み返しています。余談ですがシリーズのなかでは『エターニア』が一番好き。

ほかの『テイルズ オブ』ノベライズ作品を皮切りに、『ベン・トー』『紅』『ALL You Need Is Kill』など。数多くの名作たちを読み、楽しませてもらいながら、いつか自分も、誰かをわくわくさせる物語を書いてみたいなー、と思っていました。

そこから時が流れて現在。子供の頃、夢と希望を与えてもらった本たち。

そこに自分の書いた本を加わらせていただいたこと、大変光栄に存じております。

■謝辞

イラストレーターの【鈴穂(すずほ)ほたる】様。

大変可愛(かわい)いイラストありがとうございました。

ひかげくんがもうかわいい！　かっこいい！　最高！　と表紙を見て興奮してました。

担当のG藤様。たくさん手直ししてくださりありがとうございます！

また今回銀賞に選んでくださった、集英社WEB小説大賞選考委員の皆さまにも深く感謝申し上げます！

そしてなにより、この本を手に取ってくださった読者の皆さまに、最上級の感謝を！

■締めの挨拶(あいさつ)

紙幅もつきましたので、このあたりで失礼いたします。

心優しい暗殺者の少年と、明るく照らす日輪(にちりん)の少女の物語をどうぞお楽しみください。

２０２０年10月某日　茨木野

ダッシュエックス文庫

影使いの最強暗殺者
～勇者パーティを追放されたあと、人里離れた森で魔物狩りしてたら、
なぜか村人達の守り神になっていた～

茨木野

2020年11月30日　第1刷発行

★定価はカバーに表示してあります

発行者　北畠輝幸
発行所　株式会社　集英社
〒101-8050　東京都千代田区一ツ橋2-5-10
03(3230)6229(編集)
03(3230)6393(販売／書店専用) 03(3230)6080(読者係)
印刷所　株式会社美松堂／中央精版印刷株式会社
編集協力／後藤陶子

ISBN978-4-08-631390-2 C0193

11
YJC ダッシュエックスコミックス
月刊大好評発売中!!
DASH X COMIC INFORMATION
死霊魔術師が魔王の手下に転職!?無自覚チートな無双劇!!
失業賢者の成り上がり②
～嫌われた才能は世界最強でした～
原作／三河ごーすと　漫画／おおみね
前世で積んだ善行で獲得した勝ち確人生はなんでも思い通り!?
善人おっさん、生まれ変わったらSSSランク人生が確定した③
原作／三木なずな　漫画／ゆづましろ
キャラクター原案／伍長
吸血鬼と吸血鬼ハンター年の差×異種族な危険すぎる恋物語。
貴方がわたしを好きになる自信はありませんが、わたしが貴方を好きになる自信はあります②
原作／鈴木大輔　漫画／らげ
キャラクター原案／タイキ
水曜日はまったり
ダッシュエックスコミック
ニコニコ漫画にて大好評配信中!!!!
水曜日はまったりダッシュエックスコミック　で検索!

ダッシュエックス文庫

自重しない元勇者の強くて楽しいニューゲーム
新木 伸
イラスト／卵の黄身

かつて自分が救った平和な世界に転生し、レベル1から再出発！　賢者のメイド、奴隷少女、盗賊蜘蛛娘を従え自重しない冒険開始！

自重しない元勇者の強くて楽しいニューゲーム2
新木 伸
イラスト／卵の黄身

人生2周目を気ままに過ごす元勇者のオリオン。山賊を蹴散らし、旅先で出会った女の子を次々〝俺の女〟に…さらにはお姫様まで⁉

自重しない元勇者の強くて楽しいニューゲーム3
新木 伸
イラスト／卵の黄身

突然現れた美女を俺の女に！　その正体は…。大賢者の里帰りに同行し、謎だらけの素性が明らかに⁉　絶好調、元勇者の2周目旅‼

自重しない元勇者の強くて楽しいニューゲーム4
新木 伸
イラスト／卵の黄身

今度の舞台は海！　美人海賊に巨大生物、人魚に嵐…危険がいっぱいの航海でも、出会った女は全部俺のものにしていく！　第４弾。

ダッシュエックス文庫

若者の黒魔法離れが深刻ですが、就職してみたら待遇いいし、社長も使い魔もかわいくて最高です！
森田季節
イラスト／47AgDragon（しるばーどらごん）

若者の黒魔法離れが深刻ですが、就職してみたら待遇いいし、社長も使い魔もかわいくて最高です！２
森田季節
イラスト／47AgDragon（しるばーどらごん）

若者の黒魔法離れが深刻ですが、就職してみたら待遇いいし、社長も使い魔もかわいくて最高です！３
森田季節
イラスト／47AgDragon（しるばーどらごん）

若者の黒魔法離れが深刻ですが、就職してみたら待遇いいし、社長も使い魔もかわいくて最高です！４
森田季節
イラスト／47AgDragon（しるばーどらごん）

やっとの思いで決まった就職先は、悪評高い黒魔法の会社！　でも実際はホワイトすぎる環境で、ゆるく楽しい社会人生活が始まる！

使い魔のお見合い騒動があったり、もらった領地が超過疎地だったり…。事件続発でも、黒魔法会社での日々はみんな笑顔で超快適！

地方暮らしの同期が研修に!?　アンデッドをこき使うブラック企業に物申す！　悪徳スカウト撲滅など白くて楽しいお仕事コメディ！

みんなで忘年会旅行へ行ったら、なぜか混浴に!?　黒魔法使いとして成長著しいフランツだったが、業界全体のストライキが発生し…。

ソロ神官のＶＲＭＭＯ冒険記２
～どこから見ても狂戦士です
本当にありがとうございました～
原初（げんしょ）
イラスト／へいろー

ソロ神官のＶＲＭＭＯ冒険記３
～どこから見ても狂戦士です
本当にありがとうございました～
原初（げんしょ）
イラスト／へいろー

ソロ神官のＶＲＭＭＯ冒険記４
～どこから見ても狂戦士です
本当にありがとうございました～
原初（げんしょ）
イラスト／へいろー

裏切られたＳランク冒険者の俺は、
愛する奴隷の彼女らと共に
奴隷だけのハーレムギルドを作る
柊咲
イラスト／ナイロン

高難易度のイベントをクリアして獲得した報酬は、ケモ耳美幼女!?　新しい武器と新たな出会いの連続でソロプレイに磨きがかかる！

ギルドに加入するためレベル上げでトカゲ狩り！　そしてやってきた転職のチャンスで、ジョブの選択肢に「狂戦士ん官」の文字が!?

美しき聖女の願いに応え、死霊の王討伐のクエストに参加したリュー。それは恋とバトルが乱れ咲く、リュー史上最大の戦いだった!!

奴隷嫌いの少年と裏切られて奴隷堕ちした美少女が復讐のために旅立つ！　背徳の主従関係で贈るエロティックハードファンタジー!!